Scripto

Le gamin

Medellín, Colombie – District de San Cristobal
Aujourd'hui même…

Shorty ne fait pas mentir son surnom… Il n'est guère plus haut que trois pommes et, avant même d'avoir vu l'homme qu'il doit abattre, il sait qu'il aura du mal à faire mouche en visant la tête.

Dans le rétroviseur, Manu (c'est ainsi qu'on appelle le chauffeur ; personne ne lui connaît d'autre nom) lui glisse un regard de son œil valide – l'autre reste en permanence mi-clos, comme mort. Le gamin s'est affalé sur la banquette arrière, un pied sur le siège. Mais ça, Manu s'en fiche. Lui apprendre les bonnes manières, ça n'est pas son boulot. C'est celui de sa mère, ou plutôt du type qui paie son loyer. Les gosses du genre de Shorty sont toujours plus enclins à écouter un homme. Le petit porte un jean coupé et un ample T-shirt blanc dont il a roulé les manches jusqu'aux épaules, façon débardeur, et dans lequel il flotte. Il a beau rouler des mécaniques pour le remplir, mastiquant son chewing-gum d'un air féroce, son T-shirt est bien trop grand pour lui. Tout comme le flingue dont Manu entrevoit les contours sous le tissu: un 38. Super Auto que le jeune tueur à gages va devoir brandir à deux mains pour en amortir le recul.

Ils se sont garés dans une rue tranquille, résidentielle, bordée des deux côtés de palmiers poussiéreux, au tronc rabougri, couronnés de ces glaives vert sombre qui cisaillent la ligne des toits dans toute la ville. La vieille Dodge Dart est presque du même vert, entre les taches de boue et de rouille qui constellent sa carrosserie. Manu y exerce aussi, à ses heures et à la sauvette, le métier de taxi. Même toutes vitres baissées, il y flotte des relents de vieille sueur et de tabac froid qui résistent à tous les désodorisants. S'ils doivent patienter là-dedans encore longtemps, l'odeur va finir par leur faire tourner de l'œil encore plus vite que la fournaise.

Il est deux heures de l'après-midi, l'heure où plus personne ne se risque dans les rues, chauffées à blanc par un soleil de plomb. Là-bas, devant eux, sur une petite place, une poignée de garçons plus âgés se passent un ballon – ils sont bien les seuls à braver la chaleur. Shorty ne les a pas quittés des yeux, depuis qu'ils sont arrivés. Lui aussi, il rêve de faire carrière dans le football, et même de jouer un jour à l'Atletico Nacional, l'équipe leader de Medellín. Mais pour l'instant, le neuroleptique que Manu lui a injecté dans les veines a endormi les fourmis qu'il a d'ordinaire dans les jambes. Le petit n'est pas là pour rigoler. Il a un boulot à faire.

Manu a toujours sa seringue et son flacon sous la main, dans sa boîte à gants. Bon Dieu, il faut faire gaffe avec ce truc. Un milligramme de trop, ce serait « bonne nuit les petits ! » ; et entre des mains malveillantes, ce cocktail pourrait devenir un aller simple pour le grand sommeil. Or, il ne s'agit que d'améliorer leur concentration, en stoppant ces montées d'adrénaline qui les transforment en piles électriques vivantes, surtout les plus jeunes. La loi interdit aux forces de l'ordre de condamner un mineur pour meurtre. C'est ce qui fait de ces gamins les candidats rêvés. Tant que l'État ne se décidera pas à prendre de vraies mesures – s'occuper sérieusement des jeunes assassins tels que celui-ci, par exemple – eh bien, c'est la rue qui se charge de leur éducation. Leur métier leur garantit une sorte de sécurité, tout en leur fournissant un objectif et un statut professionnel, ce qui est bien plus que la société ne pourrait leur offrir. Il existe bien quelques centres de rééducation qui ont ouvert leurs portes pour tenter de sauver ces jeunes délinquants, tout en les protégeant d'eux-mêmes, mais ce n'est qu'une goutte d'eau dans la mer. A la fois intouchables et abandonnés par le monde des adultes, ils font des tueurs parfaits.

Soudain, des voix s'élèvent de l'entrée de l'immeuble d'en face : un couple en grande conversation. Le regard de

Shorty s'est porté vers la source du bruit, et Manu lui en donne confirmation. C'est bien lui, l'imbécile qui a parlé à tort et à travers. Un type d'âge mûr, vêtu comme un homme d'affaires, la veste à l'épaule. La femme qui l'accompagne doit être son épouse. Il franchit la porte d'entrée, puis s'arrête pour se retourner vers elle, et lui dit au revoir avant de partir à pied, droit devant lui, comme prévu. Manu se retourne vers le garçon qui mastique son chewing-gum avec une énergie redoublée. Ils sont tous comme ça, les premiers temps. Par la suite, ça leur passe. Et les problèmes surviennent lorsqu'ils commencent à se lasser du boulot ou qu'ils s'imaginent pouvoir prendre les choses en main et jouer les caïds. Mais celui-ci, il n'en est pas là. Il fera encore pas mal d'usage. Se retournant, Manu sort le bras par la fenêtre pour ouvrir la portière arrière de l'extérieur. Casse-pieds, ce système de sécurité enfants, mais ça reste une garantie contre les revirements imprévus…

–Te bile pas – un peu de trac, c'est toujours un plus…

Ce sont les derniers mots que Shorty l'entend dire.

– Tâche de nous faire ça le plus proprement possible. Le patron appréciera. Ça pourrait même te faire décrocher le billet qu'il t'a promis.

. 1

« Croyez-moi, il n'y a rien de plus déstabilisant au monde qu'un flingue entre les mains d'un gosse... » C'est ce que dit mon patron, chaque fois qu'il me présente à quelqu'un. Je ne me suis encore jamais retrouvé du mauvais côté de la gâchette – enfin, pas pour de vrai... mais effectivement, je dois être le genre de gosse qui déstabilise...

« Un adulte, ça mesure les conséquences », ajoute-t-il à mi-voix, si doucement qu'on retient instinctivement son souffle pour être sûr d'avoir bien entendu. « Un adulte risque d'hésiter au moment d'appuyer sur la détente et de mettre la cible en fuite sans l'atteindre. Un gamin, ça ne fonctionne jamais comme ça. Vous lui confiez un job, il le fait, point final. Sans poser de questions. Pourquoi ? » Et là, le boss marque toujours une pause ou me tapote la tête, si je suis à ses côtés. « Parce que ce qu'il mesure, le gosse, c'est les conséquences au cas où il raterait son coup. »

La voix de mon patron ne ressemble à rien de ce que vous avez pu entendre. Certains disent que c'est le murmure de la mort, ce qui explique peut-être son surnom : El Fantasma – le Spectre. Dès qu'il parle, tout le monde se tait et l'écoute. Moi, pour imposer un tel silence aux gens, j'ai besoin d'avoir une arme entre les mains… ou au moins une liasse de billets. Le soir où j'ai annoncé à ma mère qu'elle n'aurait plus besoin d'aller bosser toutes les nuits, elle n'a eu qu'un clignement d'yeux en guise de réponse. J'ai eu beau lui répéter qu'à présent je m'occuperais de tout, elle n'avait pas l'air de comprendre. La seule chose qu'elle semblait voir, c'était que j'étais là, bien réel, devant elle.

Mais après ça, les choses ont changé. Elle a eu le temps de réfléchir. Maintenant, quand je pose de l'argent sur la table, elle se prend la tête dans les mains, en se faisant toutes sortes de reproches. Et si l'oncle Jairo est dans les parages, il vient y mettre son grain de sel. Mon oncle a les poumons malades, ce qui lui gâte le caractère. Il est toujours de mauvais poil et passe son temps à râler. Il n'arrête pas de dire à ma mère que je vais bientôt avoir treize ans et que je suis presque un homme. Si je suis si malin et si j'ai la langue aussi bien pendue qu'elle prétend, pourquoi elle n'a pas tout laissé tomber pour se consacrer à mon éducation, hein ? Pourquoi m'avoir laissé traîner dans les rues... ? « Arrête un peu de chialer, une fois dans ta vie ! lui crache-t-il. Qu'il nous rembourse un peu ce qu'il nous a coûté ! »

Certains jours, maman éclate en sanglots, ce qui met Jairo hors de lui. Il se met à lui hurler des trucs atroces dans les oreilles, avant de s'interrompre, pris de panique, parce qu'il ne sait plus où il a mis son inhalateur. Quand les choses en viennent là, je ne me souviens même plus de ce qu'elle essayait de nous expliquer ou de nous faire admettre. Jamais El Fantasma ne laisserait les choses dégénérer à ce point. Il garde toujours son sang-froid et reste maître de lui et de la situation, quelle qu'elle soit – qu'il s'agisse de passer un savon à ses hommes ou de raconter une bonne blague. Sur un terrain de foot, il serait génial, comme coach. Qu'on lui donne onze joueurs et en un rien de temps il en ferait une équipe du tonnerre de Dieu !

Le boss ne m'appelle que Shorty. Un jour, quelqu'un m'a appelé comme ça en sa présence et depuis, je me trimbale ce sobriquet, comme un vieux chewing-gum qui me colle aux semelles. Parce qu'en fait, sur un terrain, ça ne correspond à aucune position. Mettez-le dans les buts, ce nabot de Shorty, et il suffira de viser au-dessus de sa tête pour mettre la balle au fond des filets. Mettez-le en défense ou en milieu de terrain, et il vous suffira de partir à fond de train pour le laisser sur place. Bon, effectivement, en attaque... ça ne sonnerait pas si mal – mais quand même nettement moins bien que mon vrai prénom : Sonny. Ça, c'est la classe ! Un buteur digne de ce nom n'a pas besoin d'un sobriquet débile. D'ailleurs quand on a dit *Sonny*, on a tout dit...

... la balle est interceptée par Sonny et... oh ! tout le stade a bondi sur ses pieds ! Tout Medellín est derrière lui. Sonny passe un premier adversaire, puis un deuxième – et il tiiiiire...

C'est mon père qui m'a appelé comme ça, deux mois avant ma naissance. Il paraît qu'il était sûr et certain d'avoir un fils. Ma mère m'a même juré qu'il lui avait décrit en détail le garçon que je deviendrais plus tard, quand je serais grand, et d'après elle, jusqu'à présent, il a vu juste sur toute la ligne. Si c'est vrai, il devait savoir aussi qu'il ne serait pas là pour voir ses prédictions se réaliser. Mais en fait, le seul truc de sûr, c'est qu'il a dû quitter la maison en quatrième vitesse. Et ça, personne n'a jamais pu m'expliquer pourquoi. Peut-être qu'il avait les flics aux trousses, ou alors le cartel. J'ai fini par renoncer à en avoir le cœur net. Mes questions ne parvenaient qu'à fiche les gens en rogne, ou à les rendre tristes. Mais, quoi qu'il en soit, il lui a sûrement fallu un sacré courage pour se séparer ainsi de sa femme et de son futur fils. Seul un brave est capable d'un tel sacrifice. J'espère au moins qu'il avait prévu que j'hériterais de son courage.

... *BUUUUT!!!!!!*

El Fantasma partage ma passion pour le foot et pour le Nacional. Il paraît qu'il connaît personnellement leur entraîneur et qu'il a sa place attitrée dans les tribunes, avec une cabine à l'épreuve des balles. Et même si sa taille commence à s'épaissir un peu et qu'il n'a plus tout à fait une silhouette d'athlète, il est encore capable de shooter dans un ballon. Il aime jouer d'une seule touche, tout comme notre ailier du Nacional. Y en a qui prétendent que c'est agressif, comme style, mais si l'équipe joue parfaitement coordonnée, comme les doigts de la main, c'est imparable.

« Arrange-toi pour que la balle reste toujours en mouvement, me dit-il. Il ne faut pas laisser à l'adversaire le temps de réfléchir. Si tu n'as toujours rien fait de la balle avant que la poussière ait eu le temps de retomber, c'est qu'il va t'arriver des bricoles ! »

Alberto, lui, avait un tout autre style. Quand mon meilleur ami bloquait la balle, ce qui lui arrivait plus souvent qu'à son tour – il n'avait pas besoin d'attendre qu'on lui fasse une passe ! – vous pouviez être sûr qu'il ne laisserait pas la balle repartir de sitôt. Non, il filait droit vers les buts adverses, et personne n'osait se mettre en travers de son chemin. Bien au contraire. Les autres joueurs s'écartaient devant lui, comme devant *El Fantasma*. Mais ça, c'était parce qu'Alberto avait la carrure et la force d'un taurillon. J'étais parfois tenté de penser que s'il adoptait cette stratégie de char d'assaut, c'était parce qu'il détestait crier pour appeler les passes. Pour un garçon de notre âge, c'est naturel d'avoir la voix encore un peu haut perchée, mais dans le cas d'Alberto, vu sa taille et son gabarit, il n'était pas question de se mettre à piailler sur le terrain. On se serait plutôt attendu à l'entendre gronder ou rugir !

« Ouais, je sais que mes *huevas* ne sont pas encore descendues ! Et alors ? Ce qui compte, c'est qu'elles sont en acier ! »

On avait des tas de points communs avec Alberto. On habitait le même immeuble, dans le même *barrio*, on était supporters de la même équipe. On n'avait jamais pu s'offrir un billet pour aller voir le Nacional jouer pour de vrai, mais ça ne nous empêchait pas d'aller traîner aux alentours du stade *Atanasio Girardot* chaque fois qu'il y avait un grand match. On apportait un ballon et on se faisait des passes sur le béton, devant le stade, en imaginant que les ovations de la foule s'adressaient à nous… Je n'y ai jamais mis les pieds dans ce fichu stade, mais j'en ai rêvé des millions de fois.

Alberto et moi, on s'arrangeait toujours pour être dans le même camp. Quand c'était moi qui composais l'équipe, c'était Alberto que je choisissais en premier – et si c'était lui, j'étais son premier choix. Sans problème. Mais nous, on n'a jamais fait partie d'aucun gang. Alberto disait que ce genre de truc, c'était pour les dégonflés, ceux qui sont incapables de se défendre tout seuls.

« Compte jamais sur les autres, si tu veux faire ton chemin dans la vie », m'a-t-il conseillé un jour. Pour lui, c'était facile à dire... Mais, malgré notre différence de taille, on était comme deux frères de sang ; il ne nous manquait que la cicatrice au creux de la paume pour le prouver. Le plus souvent, on ne prenait pas la peine de dire les choses, mais même si je ne lui arrivais qu'au menton, on avait en général le même point de vue. Mon copain Alberto, ce grand bébé tout en muscles, promettait de devenir un vrai malabar. Il avait un sourire contagieux, qui lui élargissait le visage en s'épanouissant, et portait les cheveux longs, en arrière, avec une queue-de-cheval. On a fait notre communion le même jour et on a grandi en écoutant les mêmes cassettes pirates. D'abord celles d'Elvis, qui a secoué notre petit univers au rythme de son rock'n roll, jusqu'au jour où nous avons découvert Nirvana et surtout Kurt Cobain, leur chanteur. On écoutait religieusement tous leurs disques – ceux qu'on arrivait à trouver, du moins – mais personnellement, mes titres préférés, c'était leurs chansons les plus nostalgiques, accompagnées à la guitare acoustique. Ça, pour rien au monde je ne l'aurais admis devant Alberto ; il se serait payé ma tronche, en me traitant de chochotte. Pourtant j'ai toujours trouvé que ces morceaux tout simples déménageaient plus que tous les autres. Et le soir venu, j'aimais penser que si mon père était de retour, il aurait un peu l'allure de Kurt Cobain.

La musique, le fric, Jésus et le foot : il paraît que c'est ce qui fait tourner le monde... et pour moi, il n'a pas fini de tourner !

. 2

Alberto et moi, on faisait équipe. Dans la vie comme sur le terrain. J'avais beau être son aîné de deux mois, c'était toujours lui qui prenait la tête des opérations. Une semaine après qu'il eut décidé de laisser tomber l'école, j'ai arrêté moi aussi, pour venir l'aider dans son boulot de coursier. Il livrait des cigarettes de contrebande aux quatre coins de la ville. J'étais habitué à servir de tête de Turc aux garçons de ma classe, à cause de ma taille, mais Alberto parti, leurs railleries ont fait place à de véritables menaces. J'ai donc préféré quitter l'école, à mon tour. On bossait pour Galàn, le propriétaire de l'épicerie du quartier qui se trouvait en face de notre immeuble. Galàn adorait se faire mousser, en se présentant comme un ancien *contrabandista* de la grande époque. Il prétendait avoir brassé des montagnes d'argent, en son temps. A le voir se décarcasser pour joindre les deux bouts, avec son épicerie, on soupçonnait que les super connexions qu'il avait, c'était surtout avec son imagination... mais on le laissait dire parce que ça payait bien, de travailler pour lui.

« C'est pas un simple boulot, que je vous donne là ! a-t-il croassé, le jour où il nous a embauchés. C'est une vraie carrière ! »

Je ne l'appréciais pas des masses, ce Galàn. Son after-shave empestait une odeur d'amande douceâtre, il avait toujours un gros cigare puant sous l'index et il ne perdait pas une occasion de nous rappeler qu'il avait passé les plats, lors d'une soirée donnée par Pablo Escobar*. Ce qu'il oubliait, le vieux bouc vantard, c'était que pratiquement tous ceux qui ont réussi à manger à leur faim, dans cette ville, dans les années 1980 et jusqu'en 1992 ou en 1993, c'était parce qu'ils bossaient pour Escobar.

En Colombie, tous les enfants connaissent l'histoire de leur pays sur le bout du doigt. Le soir, pour nous mettre au lit, ce n'est pas des contes de fées qu'on nous raconte, c'est les histoires de la vraie vie, des histoires de courage et de trahison, de massacres, d'amour et d'honneur. C'est bien plus intéressant. La télé y contribue, bien sûr, même si une bonne

* Trafiquant de drogue colombien, fondateur du Cartel de Medellín (1949-1993). Il fut abattu par la police colombienne après un an de traque, malgré les nombreux appuis politiques dont il disposait.

partie de notre histoire a été revue et corrigée par Hollywood.

Prenez ce documentaire que j'ai vu, un jour. C'était la vie d'Escobar. On y prétendait que les milliards qu'il avait amassés, grâce au trafic de cocaïne, avaient ravagé notre pays et lui avaient coûté son âme. Évidemment, il était prêt à tout pour protéger ses intérêts et ici, tout le monde comprend ça – mais c'était une brute au grand cœur... C'est Alberto qui m'avait dit ça, un jour, et il était dans le vrai. Pablo Escobar aimait la Colombie par-dessus tout. Passionnément. Tout autant que sa propre famille. Et à Medellín, il était chez lui. Sans lui, des milliers de gens n'auraient même pas un toit au-dessus de leur tête. Il n'y aurait pas d'hôpitaux ni de maternités. Aujourd'hui encore, il y a des tas de gens qui continuent d'aller prier sur sa tombe, et je les comprends.

Ni moi ni Alberto n'avons gardé le moindre souvenir du jour où il s'est fait assassiner, mais sa légende fait désormais partie de notre folklore. La vérité a dû être un peu retouchée au passage... que voulez-vous, c'était un homme plein de contradictions, dans un pays qui lui-même n'en manque pas. Il suffit de voir nos hommes politiques pour comprendre à quel point tout est compliqué chez nous. Vous savez, les vieux qui passent la journée à jouer aux échecs dans le parc – ils sont au courant, eux. Ils savent tout ça mieux que personne. Pour peu que vous vous arrêtiez cinq minutes, ils vous fileront le tournis, avec leurs histoires. Ils racontent des trucs vieux de cinquante ans et plus, des choses qui remontent à l'époque où les deux principaux partis s'affrontaient loyalement, comme deux équipes sur le terrain. Les conservateurs et les libéraux misaient sur un débat honnête et équitable, pour prendre la direction du pays. Jamais de coups fourrés. Et puis la balle de l'assassin a été tirée et elle portait la signature d'un grand leader politique. Ça a été la fin d'une époque, l'avènement d'un autre monde. Celui de la violence. Depuis, notre pays se déchire lui-même. Tout vole en éclats. Selon certains, nous ne sommes pas près de nous remettre de ces dix ans de règlements de comptes et de rébellion, de grèves et de guérilla. Bien sûr, il y a eu des tentatives pour calmer le jeu et ramener un semblant de paix – mais entretemps, la drogue était devenue un énorme business, et ça n'est pas parti pour changer. Ceux qui ont vécu cette période vous le raconteront, comment la cocaïne a fait exploser les deux camps en d'innombrables groupuscules et factions ennemies. Mais ce que les vieux eux-mêmes seraient incapables de vous dire, c'est le véritable enjeu de tous ces affrontements. Personne ne sait plus pour quelle cause il se bat. Ça fait si longtemps que nous sommes en guerre contre nous-mêmes, que plus personne ne sait faire la différence entre le pouvoir et la paix.

La seule chose sûre, c'est qu'ici, la voix des armes couvre celle des hommes.

Il ne se passe pas de jour sans que des coups de feu éclatent sous nos fenêtres et on entend sans arrêt parler de kidnappings ou de demandes de rançon. Chez nous, ce n'est pas l'État qui fait la loi, ce sont les gangsters – et certains prétendent que notre police serait en grande partie composée, tout comme notre classe politique, de criminels en puissance, qui n'attendent que leur heure…

Medellín est donc un vrai creuset de violence, mais il ne faut pas en conclure qu'il n'y règne aucune loi. Si quelqu'un vous porte préjudice, il y a toujours moyen d'obtenir que justice soit faite. Et si pour l'instant vous n'avez pas la somme nécessaire sous la main, on peut toujours s'arranger…

Tout ça ne nous empêche pas de faire la fête – surtout autour des terrains de foot. Sans oublier qu'une chose m'a sauté aux yeux, ces derniers temps : nous avons ici les plus belles filles du monde.

Notre ville est cernée de toutes parts par les montagnes, ce qui est forcément source d'inspiration. Du le toit de mon immeuble, quand on regarde par-delà les fils à linge et les antennes de télé, on a une vue imprenable sur les pentes boisées, les ravins et même parfois les sommets enneigés. On passe pas mal de temps sur notre toit, avec Alberto. Là-haut, personne ne vient nous déranger. Il n'y a que du ciel qu'on puisse nous voir.

C'est donc là qu'on va planquer les paquets de cigarettes qu'on met à gauche ; et là que nous nous sommes exercés à fumer, comme deux soldats.

« Un jour, on montera jusqu'au sommet », m'a un jour promis Alberto en envoyant balader son mégot d'une pichenette, comme s'il avait voulu viser les montagnes, en face de nous. « On se dégotera deux motos, et on grimpera là-haut. J'ai toujours eu envie de savoir comment c'était, de l'autre côté. »

Ça n'était sûrement pas avec les quelques pesos que nous crachait Galàn qu'on aurait pu aller bien loin. Chaque fois qu'on lui rapportait la marchandise, il essayait toujours de nous avoir, le vieux rat ; c'est bien ce qui expliquait, du moins en partie, qu'on ait jugé prudent de prélever notre part au passage. Mais malgré ça nous ne refusions jamais les boulots qu'il nous confiait. Au contraire : on en redemandait. Nous avions dix ans quand nous avons commencé à bosser pour lui, et même s'il nous payait au compte-gouttes, pour nous, c'était déjà pas mal. Car on n'était pas cousus d'or. On habitait à El Diamante, un quartier pauvre, dans une ville sur le déclin – mais ça n'était pas le pire. Sans boulot, on aurait été chassés du secteur des immeubles vétustes, des taudis et même des bidonvilles. On aurait dû se rabattre sur les dépotoirs qui s'étalent dans les collines. Ma mère se serait mise en colère et aurait pleuré, tout comme elle l'a fait en apprenant que j'avais été recruté par *El Fantasma* – mais il fallait bien que je travaille, pour vivre. C'était donnant donnant. Peut-être pas avec elle, mais avec l'oncle Jairo, sûrement. Je les ai vus plus d'une fois, ces petits voleurs maigrichons qui doivent disputer leur nourriture, leurs points d'eau et leurs jouets aux vautours. A côté d'eux, j'ai bien conscience d'être verni. Au moins, je gagne de quoi vivre, mais ce que me rapporte mon boulot, c'est avant tout du respect. Personne ne se risquerait à m'appeler *Shorty* en dehors de la propriété du chef, et ça fait déjà un bon bout de temps que nos voisins du *barrio* ont cessé de dire du mal de ma mère. Ils savent de quoi je suis capable et ont suffisamment de plomb dans la cervelle pour comprendre qu'il vaut mieux surveiller sa langue, avec moi.

Sans Alberto, j'aurais déjà rejoint les petits fouille-merde. Je n'applique peut-être pas la même stratégie que mon ami : sur un terrain de foot comme dans la vie, je n'essaie pas d'accaparer la balle jusqu'à ce que quelqu'un parvienne à me la piquer. Mais d'expérience, j'ai appris à m'imposer. Pas par ma force physique, comme Alberto; pour moi, ce qui compte, ce n'est pas les muscles, c'est le courage. Et ça, mon ami l'a fait surgir en moi le jour où on a décidé que Galàn allait nous rembourser tout ce qu'il nous avait taxé.

– Il nous prend vraiment pour des mômes, ce vieux salaud, a-t-il râlé, avant de cracher entre ses pieds.

– Parce qu'on est encore des mômes, Alberto. Faut pas rêver.

– N'empêche qu'on s'appuie un boulot d'hommes. Il y a des types qui ont trois fois notre âge et qui se font un max de blé, en transportant les cigarettes. Pourquoi on devrait se contenter des miettes, Sonny? C'est pas juste! Faut le faire raquer. Si on n'arrive pas à se faire respecter, tout le monde va finir par nous traiter comme des gonzesses...!

Alberto et moi, on s'était toujours arrangés pour éviter les problèmes. Les règlements de compte on laissait ça aux gangs rivaux. Pour nous, la vie continuait. Mais cette fois, mon copain ne m'a pas laissé le choix. Je n'aurais pas voulu passer pour un dégonflé, à ses yeux – et pas plus que lui, je ne supportais l'idée que Galàn puisse nous faire trimer à l'œil ou presque, en se payant notre tête. On avait donc imaginé un plan pour récupérer notre fric, tout en sauvant la face. Un plan aussi simple que radical. Je n'aurais même pas besoin d'y aller seul. Alberto m'accompagnerait. Il ne me quitterait pas d'une semelle.

Ah, si vous nous aviez vus débarquer à la boutique en roulant des épaules, l'air à la fois mauvais et déterminé ! C'est moi qui ai franchi la porte le premier, pour planquer la batte que tenait Alberto. Il l'avait « empruntée » à un voisin de notre quartier (« piquée » aurait sans doute été plus juste...) et par chance il ne s'était pas fait pincer. A Medellín, une batte de baseball est une arme redoutable.

– T'es sûr de ton coup, Alberto ?

– T'arrête pas, mec ! a-t-il grincé dans mon dos, d'une voix tendue. C'est pas le moment de flancher.

On était de vrais partenaires, pas des grouillots. Ce qu'on voulait, c'était un vrai boulot et pas de simples commissions à faire – et si Galàn n'était pas capable de faire la différence, on était prêts à lui exploser sa boutique. Personnellement, j'espérais bien que les choses n'en viendraient jamais là. Galàn allait se montrer compréhensif, il reconnaîtrait notre loyauté et notre valeur, et accepterait de payer ce qu'il nous devait.

Il y avait juste un détail qu'on n'avait pas prévu : Galàn avait de la compagnie. Un type, un grand maigre, la capuche sur la tête, nous masquait la caisse, nous présentant son dos. Il faisait plutôt frais dans la boutique, à l'abri du soleil, mais ce n'était pas le courant d'air qui me filait la chair de poule. Les yeux du vieux *contrabandista* se sont levés vers moi sans qu'aucun autre muscle de son visage n'ait frémi, ce qui m'a paru pour le moins curieux, et même alarmant. C'est alors que j'ai aperçu la lame du cran d'arrêt que le grand maigre tenait appuyé sur la gorge de Galàn.

J'en suis resté cloué sur place, tout comme le vieux.

. 3

J'ai eu un haut-le-corps, ainsi qu'une soudaine envie de prendre mes jambes à mon cou. On était tombés en plein braquage. Mais comme le type à la capuche était devant la caisse, tout au fond de la boutique, il était encore temps de faire demi-tour et de filer, ni vus ni connus. J'allais déguerpir, quand la porte que je venais de pousser heurta violemment le tampon d'arrêt dans un grand bang! Le mec se retourna vers nous. Je ne voyais de son visage qu'une tache pâle, percée de deux yeux sombres qui faisaient la navette entre Alberto et moi.

– Dégagez!

L'espace d'une seconde, il avait écarté sa lame de Galàn, pour la brandir vers nous. Je m'attendais à voir l'épicier profiter de cet instant pour le maîtriser et le plaquer sur le comptoir, mais le vieux se contenta de suivre du regard la lame qui revenait se poser sur sa gorge.

– Barrez-vous, les gamins! nous lança le type.

Pour lui, on n'existait pas. Deux morveux, envoyés par leur mère à l'épicerie. C'était sans doute l'effet qu'on produisait, et pour Alberto ce fut un atout décisif. Me poussant de côté, il fonça dans la boutique, en brandissant sa batte à deux mains, et... whump!!! Le type prit le coup en plein dans l'estomac, et se plia en deux. Sa tête parut vouloir s'échapper de sa capuche. Ses traits s'étaient tordus dans une grimace de surprise et d'horreur, tandis que l'air quittait ses poumons en un atroce petit jappement. Alberto releva brusquement la batte, frappant, à revers cette fois, le type qui achevait de s'écrouler. Ce fut sa mâchoire qui encaissa ce second coup, de plein fouet. Je vis sa tête partir en arrière, un poil trop vite. Sa bouche laissa échapper un jet de salive. Mais Alberto n'en avait pas fini avec lui. Tandis que l'homme à la capuche allait s'affaler de tout son long, il se mit à le bourrer de coups de pied, en le piétinant comme pour éteindre un début d'incendie.

«Ça suffit! Arrête, maintenant!»

J'avais eu peine à reconnaître ma propre voix, qui semblait avoir surgi de nulle part. Mais elle dut parvenir aux oreilles de mon ami, car il se redressa, hors d'haleine et laissa tomber sa batte. A son comptoir, Galàn n'avait pas bougé d'un cheveu. Les yeux écarquillés, il fixait Alberto, comme un train express qui aurait fait irruption dans sa boutique.

« Sainte Marie mère de Dieu..., fit-il dans un souffle. Qu'est-ce que tu as fait ? »

A nos pieds, le type produisait un sinistre petit ronronnement. On s'attendait à ce que le bruit se tarisse d'une seconde à l'autre, quand il serait à bout de souffle, mais pas du tout – ça fusait hors de lui, comme ça, en un jet continu. Sa tête était à demi masquée par sa capuche et ce que j'en voyais n'était plus qu'une plaie informe, ensanglantée. Il gisait sur le dos, le bras étendu en arrière, son couteau, désormais inutile, reposant dans la paume de sa main. Un moment, j'ai eu l'impression qu'il essayait de nous dire quelque chose. Ses lèvres se sont écartées et j'ai réussi à repérer la direction de son regard. C'était comme d'observer un poisson qu'on vient de sortir de l'eau. Toute la vie qui lui restait semblait s'être concentrée dans cet œil unique. Il devait avoir plus de vingt ans mais en cet instant il me parut beaucoup plus jeune que moi. Ça n'était qu'un gamin terrifié, un pauvre gosse des rues qui avait mal tourné, et n'avait rien voulu de tout ça. Puis le gargouillis a fini par cesser et son regard s'est voilé.

Je suis resté pétrifié sur place, incapable de cligner les yeux, de dire un mot ou même de respirer. Je suis resté là, la main sur la bouche, en priant pour qu'on n'ait jamais mis les pieds dans cette satanée boutique.

Deux minutes plus tôt, nous remontions encore ce trottoir ensoleillé, en nous armant de courage – mais pas pour ça ! Dehors, les gens allaient et venaient, comme si de rien n'était. Il faisait grand soleil. Les hirondelles pépiaient sur les fils télégraphiques. Le barrio avait toujours été un endroit animé. La vie suivait son cours. La seule différence, c'était cette fixité et ce silence qui s'étaient abattus sur la boutique.

– Tu crois qu'il est mort ?

Ça, c'était la voix d'Alberto. Il avait parlé au ralenti, genre magnéto à court de piles.

– En tout cas, ça ne va pas tarder.

Galàn avait attrapé son téléphone derrière lui, sur une étagère. Il composa un numéro de mémoire. Le combiné coincé entre l'épaule et l'oreille, il ouvrit un tiroir, sous sa caisse, et en tira un gros cigare. Et voilà… Il n'avait même pas eu un regard pour le type qui gisait sur le carrelage, presque à ses pieds.

– Et maintenant ? ai-je bredouillé, en m'efforçant de ne pas trop flageoler sur mes jambes.

J'avais la tête qui tournait, comme si je venais de respirer des vapeurs toxiques.

– A ton avis – « et maintenant » ? Galàn marqua une pause, le temps d'allumer son cigare – Et maintenant, il va se prendre un aller simple pour l'enfer, cet enfoiré.

Il s'interrompit pour saluer le correspondant qui avait décroché au bout du fil. A la façon dont il s'était détourné avec son téléphone, j'avais compris que ça ne nous regardait pas. J'ai glissé un œil vers Alberto qui restait planté là, l'air un peu sonné, lui aussi, et je lui ai poussé le coude.

– T'inquiète pas, mon pote – ça va aller… lui ai-je glissé, d'une voix à peine audible.

Et j'ai dû m'éclaircir la gorge pour pouvoir renouveler ma tentative :

– Ça va aller. Tout va rentrer dans l'ordre…

– Eh, les mômes !

Galàn avait interrompu sa conversation téléphonique et c'était contre nous qu'il semblait en rogne, tout à coup.

– Et si vous me dégagiez ça du chemin ? Qu'est-ce que vous attendez pour le fiche dans l'arrière-boutique ?

Alberto s'empressa d'obéir. Se penchant vers le corps, il l'empoigna par les chevilles. Je n'avais pas la moindre idée de ce qui pouvait lui trotter dans la tête, mais j'étais plutôt soulagé de le voir passer à l'action. J'ai pris les poignets et à nous deux on a traîné le corps sur le carrelage, tandis que Galàn poursuivait sa conversation au téléphone. On allait franchir la porte derrière le comptoir, quand il nous a arrêtés d'un coup d'œil courroucé, comme s'il s'agissait d'un sac de melons pourris qui auraient risqué de salir son carrelage. J'ai gardé les yeux fixés droit devant moi et si j'avais eu les mains libres, j'aurais croisé les doigts pour que ce fardeau qui pesait d'un poids horrible au bout de nos bras ne s'avise pas tout à coup de s'agiter ni de produire d'autres gargouillis.

Une demi-heure plus tard, en voyant la camionnette s'arrêter devant la boutique, suivie par un magnifique 4x4 gris métallisé, je croiserais les doigts pour qu'il soit vraiment mort, autant qu'un mort peut l'être…

Aussitôt le corps et la batte mis en lieu sûr, Galàn nous a fichus dehors et comme on filait sans demander notre reste, il nous a intimé l'ordre de rentrer immédiatement chez nous, sans rien dire à personne.

– Il ne s'est rien passé, a-t-il dit en guise de conclusion, et sur le moment j'étais à deux doigts de le croire.

En nous retrouvant dans la rue, on a eu l'impression d'émerger d'un cauchemar. L'air nous a semblé si frais et si vivifiant qu'on s'est arrêtés sur le trottoir, le temps de souffler un grand coup. Puis on a sursauté en chœur en entendant Galàn tirer le verrou de la boutique derrière nous. Il nous a fait une moue furibarde derrière la vitre, genre « déguerpissez ! » et s'est contenté de retourner la pancarte « OUVERT », qui disait à présent « FERMÉ ».

On n'est pas rentrés tout de suite, évidemment. Une fois devant notre immeuble, on a pris l'escalier de secours qui grimpe sur la façade de derrière et on est allés sur le toit, histoire de griller quelques cigarettes, adossés à la hotte rouillée d'un conduit d'aération. De temps à autre, l'un de nous brisait le silence en toussant ou en marmonnant un «*mierda*!» bien senti, mais aucun des deux n'osait soutenir le regard de l'autre plus d'une demi-seconde. Je ne voulais surtout pas voir ce qui se passait derrière les yeux d'Alberto, pas plus que je ne tenais à le laisser regarder dans les miens. On s'est secoués en voyant arriver le camion, suivi de la grosse Jeep, devant le bloc d'en face – et eux, ils avaient l'air tout ce qu'il y a de plus réels. Planqués derrière le parapet, on a vu deux malabars sauter du hayon et en tirer une bâche enroulée. Ils auraient pu être n'importe qui, ces deux types. Des ouvriers ou des dockers, comme à peu près tous les habitants du *barrio*. Mais ce qui détonnait franchement dans le paysage, c'était le conducteur du 4x4, avec son costume clair, ses baskets blanches et ses lunettes noires. Il avait la démarche d'un type qui n'aime pas rester trop longtemps en place. A chaque instant, je m'attendais à le voir ôter ses lunettes et lever les yeux droit vers nous. Mais non. Ses deux hommes de main ont trimbalé la bâche jusqu'à l'allée qui longe la boutique sur le côté, et le type aux lunettes noires leur a emboîté le pas. Une porte s'est ouverte, et il leur a fait signe de presser un peu le mouvement, puis, dès qu'ils sont entrés, il a jeté un rapide coup d'œil à droite et à gauche, avant de disparaître à son tour dans l'arrière-boutique de l'épicerie.

« T'as vu, il déconnait pas, le vieux, a fait Alberto à mi-voix, comme s'il craignait de se faire entendre, malgré la distance. Il a vraiment des relations ! »

. 4

Dans cette ville coexistent deux espèces : les pauvres qui passent leur vie à trimer pour survivre, et ceux qui ont opté pour l'illégalité. En majorité, ils ne le font qu'à contrecœur, évidemment. Pour chaque vrai trafiquant de drogue, il y a des dizaines de citoyens ordinaires qui ont jugé préférable d'accepter un pot-de-vin, çà et là, plutôt que de voir disparaître leurs proches. Au fond, les flics et les juges corrompus sont presque tous de braves gens ; mais rares sont ceux qui, placés devant ce genre de choix, refusent de se laisser graisser la patte pour fermer les yeux. Dans la plupart des cas, il est impossible de savoir qui a des relations, et qui aurait besoin d'en avoir...

Jusqu'à ce coup de fil, nous avions toujours pris Galàn pour un charlot mais encore une fois, Alberto était dans le vrai. Il suffisait d'un coup d'œil pour comprendre d'où ils sortaient, les gros bras qui étaient venus prendre livraison du corps. C'était des gangsters. Et pas de simples petits malfrats qui font bloc pour assurer leurs arrières. Non, ils étaient de ceux qui tirent toutes les ficelles dans cette ville et dans tout le pays. A les voir ressortir du magasin par la porte de devant, chargés du rouleau de toile cirée qui semblait à présent juste un peu plus lourd, je fus saisi d'une crainte respectueuse. Ils disparurent comme ils étaient arrivés, sans faire de vagues. Galàn attendit que la Jeep argentée ait tourné au coin de la rue, après le camion, puis il retourna le panonceau accroché à la porte. Le magasin avait rouvert.

Les événements de cette journée nous avaient profondément ébranlés, mais ils faisaient désormais partie de nous-mêmes. Pas une fois nous n'avons évoqué la scène de l'épicerie et je n'ai jamais demandé à Alberto de me décrire ce que ça lui avait fait, de tuer quelqu'un. Pour lui, ça devait être à peu près comme pour moi : nous étions incapables d'en parler, parce que ni l'un ni l'autre nous ne savions par où prendre le problème. Pendant plusieurs jours, on n'a pratiquement pas desserré les dents. On se contentait de traîner dans le quartier, tous les deux, sans mot dire – sauf qu'au bout d'un certain temps nos langues ont quand même fini par se délier. Et quand nous nous sommes retrouvés sans un sou en poche, on est retournés faire un tour chez Galàn. Et là, de mieux en mieux – non seulement il nous a accordé l'augmentation qu'on demandait, pour chaque cartouche livrée, mais il ne marquait même plus le nombre de cartouches ni de paquets. Il nous faisait confiance. Il ne nous demandait plus de sortir quand le téléphone sonnait. Quelques semaines plus tard, on a compris qu'il nous avait recommandés en haut lieu. C'est ainsi qu'*El Fantasma* est entré dans notre vie.

Je n'avais jamais entendu son nom avant qu'Alberto ne m'en parle, mais quand j'ai vu les cadeaux qu'il avait faits à mon copain, je me suis dit que ça ne pouvait être qu'un homme important, et qui avait le bras long.

– Alors, qu'est-ce que t'en penses, hein?

Nous étions sur le toit et Alberto était venu se planter devant moi, comme John Wayne se préparant à un duel.

– C'est quelque chose, non?

– Ben, c'est un flingue! ai-je répondu en rigolant. Mais sûrement pas un vrai, si?

Alberto s'est accroupi et m'a fait signe de venir voir ça de plus près. C'était noir et argenté, avec un petit canon trapu. Un semi-automatique, à vue de nez – je savais ça pour les avoir vus sur les types des gangs, lorsqu'ils ouvraient leurs vestes pour montrer qu'ils étaient armés. D'instinct, je m'éloignai. Non pas parce que j'avais la trouille, mais par simple mesure de précaution. Or, là, il s'agissait de mon meilleur copain et malgré la présence de cette arme entre nous, je voyais mal comment j'aurais pu le tenir à distance.

– Vas-y, tu peux y jeter un œil, a-t-il répété, comme s'il était question de zyeuter une fille.

Il avait sorti le magasin. J'ai eu juste le temps d'apercevoir les balles rangées dedans avant qu'il ne remette le tout en place, dans la crosse. Il avait l'air sûr de lui. On avait dû lui apprendre à s'en servir.

– C'est un Smith & Wesson, m'annonça-t-il. Un vrai petit bijou.

Il soupesait l'arme dans sa paume. Je l'ai regardé en me demandant où il avait pu choper ce vocabulaire. Puis ses doigts se sont refermés sur la crosse, l'index posé sur la détente, et il m'a mis en joue.

– A genoux! m'a-t-il ordonné.

Je lui ai lancé un coup d'œil goguenard – sa voix avait un peu déraillé, sur ces derniers mots – mais mon éclat de rire s'étrangla dans ma gorge. Il gardait l'arme pointée droit sur moi, et n'avait absolument pas l'air de plaisanter. Ses yeux s'étaient réduits à deux fentes... et finalement, ça lui est passé comme ça l'avait pris. D'un mouvement du coude, il a détourné le canon de ma figure. J'ai soufflé un grand coup.

– Bon Dieu, Sonny ! s'est-il esclaffé, avec un sourire en coin. Ma parole que t'as failli faire dans ton froc !

– C'est même pas vrai !

J'avais les genoux comme des copeaux de beurre, mais mon orgueil, piqué au vif, me tenait sur pied. Alberto était mon ami et un ami, ça ne fait pas ce genre de blague.

– Qu'est-ce qui t'est arrivé, frangin ? Où tu as trouvé le fric pour t'acheter ce flingue à la con ?

– J'ai pas déboursé un seul peso.

Plongeant la main dans sa poche arrière, il en a sorti cinq billets de dix dollars.

– C'est ce type. Il m'a payé pour m'en occuper à sa place.

– Il t'a payé en dollars ? Allez, vas-y, dégage !

Je sentais vaguement revenir cette sensation de nausée, au creux de mon estomac. Ici, officiellement, les devises américaines n'ont pas cours. Les boutiques du centre commercial ne les acceptent pas, même si dans la rue, avec des dollars, on peut s'acheter des tas de choses. Tout le monde sait comment ils arrivent dans le pays, évidemment – et cela force le respect.

– Allez, quoi ! insistai-je. Qui a été assez con pour te filer ça ?

Alberto fit un geste en direction de la rue, vers

l'épicerie d'en face. En principe, on avait toujours fait équipe, lui et moi. Jamais je ne serais allé voir Galàn sans lui. Et en comprenant la signification de son geste, je me suis senti un peu trahi.

– Notre *contrabandista* préféré m'a téléphoné ce matin, m'a-t-il expliqué. Il a dit qu'il attendait la visite d'un associé, qui voulait me parler.

– Et ce type aurait refilé une arme chargée, comme ça, au premier gamin venu ? Tu rigoles...

– Sur ma vie, qu'il l'a fait, Sonny ! Maintenant, je suis un vrai *bandido*, mon pote. Un vrai de vrai !

J'ai froncé les sourcils, en attendant qu'il revienne un peu sur terre – mais je ne pouvais pas m'empêcher de pester intérieurement. Il aurait dû me mettre dans le coup. J'avais passé la matinée à faire des courses avec mon oncle Jairo. Alberto, lui, n'avait pas à se plier à ce genre de contraintes débiles. Sa mère bossait toute la journée à l'usine textile, où elle enchaînait plusieurs services, de l'aube à la nuit tombée, tandis que sa sœur allait suivre ses cours à la fac. Il ne m'avait jamais parlé des autres membres de sa famille, mais il faut dire que, dans le lot, la seule qui m'ait intéressé, c'était sa sœur Beatriz, qu'on voyait passer de temps à autre, ses livres sous le bras.

Elle avait seize ans, soit quatre de plus que nous et chez Alberto, elle faisait figure d'étoile montante. Elle brillait par son intelligence autant que lui par sa carrure. On disait même qu'un jour, elle serait doctoresse. Ils avaient perdu leur père quelques années auparavant. Pour lui, la mort avait été aussi lente qu'inéluctable – il avait un cancer du sang, qui s'était propagé jusqu'au foie – mais il avait tenu à ce que Beatriz n'interrompe pas ses études pour rester s'occuper de lui. C'était donc à Alberto qu'était revenu le soin de veiller le malade dans la journée, pour que sa mère puisse continuer à travailler. Ce qui signifiait que le père et le fils s'étaient retrouvés en tête-à-tête, dans un appartement qui, déserté par les femmes de la famille, s'était mise à ressembler à une salle d'attente. Pour tuer le temps, le père d'Alberto racontait tout un tas de trucs à son fils, à qui toutes ces histoires avaient tenu lieu d'éducation.

Alberto raffolait, en particulier, de tout ce qui se rapportait aux *bandidos* – rien d'étonnant à ce que ce flingue lui ait rappelé certains souvenirs. Ces fameux bandits étaient des hors-la-loi du début du siècle dernier, qui avaient accédé au rang de mythes populaires. Des personnages hauts en couleur, tels que Sangranegra, Desquite ou Guadalupe Salcedo, qui s'étaient tous illustrés pendant *La Violencia*. A la tête de leurs bandes, composées de renégats sans foi ni loi, ils avaient pris d'assaut les derniers bastions de l'ordre vacillant et s'étaient fait une place dans le cœur des pauvres. Mais, au fur et à mesure que la fin approchait pour son père, Alberto avait commencé à avoir des soupçons. Certaines des histoires que lui racontait le mourant avaient la précision, les couleurs et la charge émotionnelle du réel. Cela sonnait trop vrai pour n'avoir pas été vécu. Je lui disais : « Déconne pas, Alberto. Ton père ne devait même pas avoir notre âge à l'époque où ces types écumaient les collines ! » Mais Alberto s'accrochait mordicus à ce passé glorieux et à sa certitude d'être l'héritier d'un héros méconnu.

Une fois, ma mère m'a expliqué que ça devait être pour lui le seul moyen d'accepter son deuil, et j'ai décidé que le sujet était clos. Je me suis persuadé que mon ami tournerait la page, qu'il était désormais trop grand pour croire à de telles sornettes. Mais à présent je voyais que je m'étais trompé. Alberto semblait tellement à l'aise avec ce flingue entre les mains. Il rayonnait. Comme s'il avait enfin trouvé sa véritable vocation, l'occasion de mettre ses pas dans ceux de son père – même si ce dernier avait inventé toutes ces histoires sur son lit de mort.

– Alberto, lui ai-je dit – et j'ai attendu le temps nécessaire pour qu'il m'accorde toute son attention. Est-ce que tu as seulement une idée du pétrin où tu vas mettre les pieds ? Les choses ont changé depuis l'époque héroïque. Aujourd'hui, les seuls champions du peuple sont ceux qui s'affrontent sur les terrains de foot.

– Eh ! tu t'entends, Señor Je-sais-tout ?

– Tu ne me feras pas croire que quelqu'un a pu te payer, juste pour garder son flingue !

– Et pourquoi pas ? Il ne m'a pas demandé de m'en servir. Mon boulot, c'est juste de m'en occuper, point final.

– Pourquoi il ne se contente pas de le planquer quelque part, comme les autres gangsters ?

– Qui te dit qu'il fait partie d'un gang ? Mais de toute façon, qu'est-ce que tu aurais fait à ma place, hein ? Réfléchis, Sonny. Il ne m'a pas laissé le choix. Je me suis pointé chez Galàn, comme convenu. Le vieux m'a emmené dans son arrière-boutique et là, je l'ai vu El fantasme en personne. Il était assis à la table, avec un café et un exemplaire d'*El Colombiano*. Ça n'a duré qu'une minute ou deux. Il m'a juste demandé si je voulais gagner un peu d'argent sans trop me fouler et, sans même me laisser le temps de répondre, il m'a sorti ce flingue, en me disant que tout ce que j'aurais à faire, c'était de m'en occuper, pour lui prouver que j'étais digne de sa confiance. Je ne pouvais quand même pas filer en le plantant là – sans compter que moi, je ne demandais pas mieux que de m'en occuper, de son flingue. Surtout quand j'ai vu les cinquante dollars sur la table ! Je pensais déjà à la façon dont j'allais les dépenser.

– El Fantasma... ai-je marmonné entre mes dents.

Tu parles d'un nom ! C'est quoi, au juste, ce type ? Un genre de revenant ?

– Ça, c'est pas mes oignons, a répliqué Alberto avec un haussement d'épaules. Mais une chose que je peux te dire, c'est que j'avais jamais entendu une voix pareille.

. 5

La dame du guichet nous a dévisagés, derrière sa vitre pare-balles. Alberto avait glissé les billets dans le petit tiroir pour qu'elle les compte, mais quelque chose semblait la retenir de les prendre.

– Y a un problème ? a demandé Alberto, en jouant les durs. C'est des billets de dix dollars. Avec des présidents morts, sur chacun d'eux !

Elle a soutenu son regard encore quelques secondes, avant d'encaisser l'argent, avec un soupir. Puis elle nous a décoché un coup d'œil en coin, en nous remettant nos deux précieux tickets – ainsi que tout un tas de pesos en menue monnaie.

« Qu'est-ce que je donnerais pas, pour qu'on soit plus vieux d'un mois ! » Alberto est sorti de la billetterie en dansant la gigue. Il a même embrassé les coupons piqués au fil métallique, avant de m'en tendre un. Ça serait la toute première fois qu'on assisterait à un vrai match du Nacional, le premier de la saison – et en plus contre l'Independiente, son grand rival. Ça promettait d'être une fête nationale, tout autant qu'un grand match. Pour avoir une idée de la fiesta monstre que ça serait, il faudrait concentrer tous les jours fériés de l'année en un seul, comme si tous les saints du calendrier se donnaient rendez-vous pour disputer un supermatch de foot! Toute la ville serait dans la rue. J'en aurais trépigné sur place d'impatience.

– Le mien, je ne le quitterai pas de l'œil... lui ai-je promis, tandis que nous dévalions les marches à l'extérieur du stade.

– Le garde quand même pas à la main, a plaisanté Alberto. L'encre finirait par déteindre sur tes doigts!

Il a tapoté sa ceinture-portefeuille, sous son blouson, pour me montrer où il avait mis son propre billet. Cette satanée ceinture, il l'avait trouvée dans la rue, quelques semaines plus tôt. La poche avait déjà été vidée de son contenu, bien sûr, et il avait dû réparer la boucle qui avait été arrachée, lorsque la ceinture avait été subtilisée à son précédent propriétaire. J'avais fait remarquer à Alberto que quelqu'un qui était assez bête pour débarquer en ville avec son argent planqué dans un truc aussi voyant méritait bien de se faire voler et sur le moment, il s'était bien gardé de me contredire. Mais maintenant, voilà qu'il était payé pour porter une arme et il ne pouvait prendre le risque de la perdre de vue ne fut-ce qu'une minute, tout comme les billets qu'il venait d'acheter. En le voyant fanfaronner avec sa ceinture de m'as-tu-vu, j'ai craint une fois de plus que tout ça lui soit monté à la tête.

– Alberto, on voit ton flingue qui dépasse de trois mètres ! T'as pas peur qu'on te le vole ?

– Pas si je suis le premier à mettre la main dessus ! fit-il, en pointant l'index et le majeur réunis. Allez, viens, on rentre. On va se trouver un taxi.

J'avais ouvert la bouche pour lui rappeler que son argent ne serait pas éternel, mais il était déjà au bord du trottoir, la main levée.

– Je vais passer chez un fleuriste avant d'aller voir ma mère. Je ne lui ai jamais offert de fleurs. Tu devrais faire pareil pour la tienne, Sonny. Je t'avance le fric, si tu veux.

J'ai attendu Alberto dehors tandis qu'il franchissait la porte de l'atelier, chargé d'un bouquet de lis. La salle où sa mère passait ses journées à coudre des taies d'oreiller n'était guère plus grande que le magasin de Galàn. L'atelier était situé en bas de la colline, à quelques blocs de chez nous. Une grille en défendait la fenêtre qui était de toute façon trop haute pour que je puisse y grimper et regarder à l'intérieur.

D'ailleurs, Alberto m'avait prévenu que sa mère aurait sans doute les larmes aux yeux et qu'il préférait que personne d'autre n'assiste à cette scène. J'ai donc attendu son retour, adossé au mur, la main levée en visière pour me protéger du soleil. Mais il ne s'était pas écoulé une minute que j'ai dû me redresser – non pas à cause de la lumière, mais à cause des cris qui me parvenaient. Alberto est ressorti ventre à terre, plus vite qu'une grenade dégoupillée. Il a claqué la porte derrière lui, les joues et les oreilles en feu.

– J'aurais dû lui montrer comment j'ai eu ce fric, a-t-il couiné, d'une voix encore plus aiguë que d'habitude. Ça lui aurait cloué le bec !

Dans un coin de ma tête, j'aurais bien aimé aller parler à sa mère, en lui promettant d'essayer de raisonner un peu son fils. Mais il m'a semblé plus prudent de ne pas jeter d'huile sur le feu. Alberto était assez énervé comme ça. J'ai remonté la colline sur ses talons, en pressant le pas pour ne pas me laisser distancer. Il allait être midi, et la chaleur avait déjà fait le vide dans les rues. Le niveau sonore avait toujours tendance à retomber à cette heure-là. On n'entendait plus que quelques cris de chiens ou de perroquets – ce qui explique que nous ayons tous deux immédiatement repéré le bruit d'un moteur qui avait ralenti, derrière nous. Jetant un œil par-dessus mon épaule, j'ai découvert une Dodge verte qui avait connu des jours meilleurs – sauf que le grondement trépidant qui s'échappait du capot ne laissait aucun doute là-dessus : cette carrosserie fatiguée cachait un moteur qui, lui, ne l'était pas. On les entend venir de loin, dans cette ville : des vieilles bagnoles d'un modèle tout ce qu'il y a d'ordinaire, mais équipées de moteurs survitaminés. Des vraies bêtes ! Une madone en plastique se balançait au rétroviseur, avec une de ces plaquettes désodorisantes qui m'ont toujours filé envie de gerber en voiture. Le conducteur avait déjà baissé sa vitre et, tandis que la Dodge nous rattrapait, mon impression ne fit que se confirmer : c'était bien nous qu'il suivait. Ce n'est que lorsqu'il a interpellé Alberto que j'ai remarqué son œil, un œil bizarre, qui restait mi-clos, comme mort.

– Amène-toi, *hombre* ! Vas-y, monte !

Notre expérience de la rue nous dictait de faire comme si on n'avait pas vu la Dodge, qui roulait à présent au pas, tout près de nous : quand un inconnu vous propose de monter en voiture, c'est soit pour vous tripoter, soit pour vous rançonner, soit pour vous faire la peau – et parfois les trois, dans l'ordre.

– Alberto ! a jappé le type. T'as compris ?

En entendant son nom, l'interpellé a détourné la tête sans ralentir le pas, mais il semblait à présent hésiter.

– Je ne te connais pas, mec…

– Y a le boss qui te demande. Il veut que tu viennes avec le truc qu'il t'a confié.

Alberto s'arrêta net, tout comme la Dodge, dans un grincement de frein à main. Je suis resté quelques pas en arrière, en proie à un vague malaise, tandis que mon pote s'approchait de la voiture. Le conducteur devait avoir la cinquantaine bien sonnée et semblait aussi mal en point que sa voiture. Il portait une chemise multicolore, décorée de pélicans et de palmiers, mais il était d'une humeur plutôt sombre. Ils échangèrent encore quelques mots, Alberto et lui, puis, comme le chauffeur lui faisait signe de monter à l'arrière, mon ami m'a planté là, sur le trottoir.

– A plus tard ! lança-t-il, toute colère oubliée, en baissant la tête pour se glisser sur le siège arrière.

L'idée me vint de courir appeler sa mère. Je m'attendais à le voir baisser sa vitre, pour me demander d'aller chercher de l'aide, mais il se contentait de me regarder, sans lever le petit doigt.

La Dodge démarra sur les chapeaux de roue, dans une grande embardée. Je la suivis du regard, tandis qu'elle tournait au coin d'une rue. Alberto s'était détourné et gardait les yeux fixés droit devant lui. La rue était à nouveau vide. Seuls les aboiements d'un chien et le crépitement d'une radio s'échappant d'une fenêtre ouverte troublaient le silence de midi.

On dit qu'à Medellín c'est toujours le printemps – mais les jours de grande canicule, la ville mijote dans son jus. Cet après-midi-là, mon T-shirt trempé me collait à la peau. Les murs de notre appartement eux-mêmes avaient l'air d'être en nage. Notre logement ressemblait à tous les autres logements du *barrio*: une pièce principale divisée par des rideaux et des paravents. J'étais rentré chez moi pour manger un morceau et, avant même d'avoir poussé la porte, je savais que mon oncle était là. Je l'avais entendu tousser et cracher de la rue, ce qui n'avait rien de bien appétissant. Ma mère était partie faire des courses, expliqua-t-il – ce qui voulait dire que rien ne l'empêchait de me casser les pieds. Il se préparait à me faire passer un interrogatoire en règle: d'où je venais, avec qui j'avais traîné, qu'est-ce que j'avais fait de mon temps...?

J'ai coupé une mangue en tranches sur une assiette, et je l'ai saupoudrée de sel, avant d'aller me poster à la fenêtre. Je n'étais vraiment pas d'humeur à faire la conversation. Je me répétais que tout allait bien, que je n'avais pas à m'en faire pour Alberto, qu'il savait ce qu'il faisait – d'ailleurs, à sa place, moi aussi, j'aurais su me débrouiller. En fait, ce qui me titillait, c'était mon amour-propre. J'étais terriblement vexé de n'avoir pas été invité à monter dans la Dodge, et j'aurais bien aimé pouvoir manger en paix, sans me coltiner les sermons de mon oncle.

« Ta pauvre mère... ! » C'était toujours ainsi qu'il commençait, comme s'il n'était pas le principal responsable de nos problèmes, ce pique-assiette qui vivait aux crochets de ma mère et pour qui elle devait faire double journée. « Tu crois peut-être qu'elle t'a mis au monde pour que tu te prélasses jusqu'à la fin de tes jours ? Moi, je ne crois pas, Sonny ! Bon Dieu, regarde-toi un peu ! »

Mon oncle, c'était de la fumée sans feu. Il passait sa vie à fulminer, nuit et jour, et à entendre sa voix éraillée et ses quintes de toux, on avait effectivement l'impression qu'il était complètement cramé de l'intérieur. Nous avions certains points communs, lui et moi : même gabarit, même caractère irréductible, même orgueil... et il suffisait de jeter un coup d'œil à nos oreilles en feuille de chou pour reconnaître ce trait de famille. Mais là s'arrêtaient nos ressemblances. Sa peau avait pris l'allure du papier crépon, et la couleur d'un vieux cendrier, et il ne pouvait pas faire un mouvement sans que tous les os de son corps semblent se donner le mot pour lui faire un mal de chien. Bien sûr, il avait de graves problèmes respiratoires ; mais la vraie source de ses souffrances, c'était sa rancœur et ses jérémiades incessantes. J'en étais venu à me demander s'il était capable de dire quoi que ce soit de positif, sur quoi que ce soit. Quand il ne râlait pas après moi, c'était après *los Americanos* qu'il en avait. Il les rendait responsables de tous ses problèmes, mais ça ne l'empêchait pas de passer ses journées devant des matchs de base-ball ou des feuilletons américains ! Sauf qu'à l'entendre, on aurait cru que c'était une punition plutôt qu'un plaisir...

« T'as toujours intérêt à connaître ton ennemi, m'avait-il conseillé un jour. Même si pour ça tu dois apprendre à vivre avec lui. »

Je n'avais que trois ans, lorsque Jairo est venu vivre chez nous. A l'époque, il était à peine capable d'aligner deux mots, à cause de ses problèmes respiratoires. Il était parti travailler dans le sud, dans une plantation de coca ; pour lui comme pour la plupart des ouvriers, la récolte, ça n'était que ça : des gerbes de feuilles liées avec des lianes, grâce auxquelles ils pouvaient payer leur nourriture et leur loyer. Ce qu'elles devenaient par la suite, ces gerbes, ce n'était pas leurs oignons. Mais les Américains n'étaient pas de cet avis. Ils avaient juré de détruire les récoltes à la source, avant qu'elles ne déferlent dans leurs villes sous forme de poudre blanche...

Les avions avaient attaqué quelques jours avant la récolte. Mon oncle était chargé de surveiller tout ce qui pouvait nuire aux plantations – mauvaises herbes, insectes, maladies. Les champs s'étendaient à flanc de montagne, sur un coteau escarpé. C'était presque un ravin, à en croire l'oncle, qui ne détestait pas en rajouter un peu, à l'occasion. Et toujours selon lui, ce boulot à lui seul aurait suffi à faire un infirme du type le plus robuste et le plus résistant. Mais le pire restait à venir... Un jour, il avait remarqué ce qui n'était encore qu'un vague bourdonnement, au loin, mais il n'avait vraiment mesuré le danger qu'au moment où le fracas d'une mitrailleuse avait secoué la petite vallée.

Il avait beau savoir que ses patrons en avaient posté un certain nombre dans les coteaux des environs, il ne s'attendait vraiment pas au déluge de balles qui avait jailli des arbres. Les oiseaux de la vallée avaient aussitôt fui à tire-d'aile mais pour Jairo, c'était trop tard. A présent, le grondement se rapprochait d'instant en instant, pour culminer à la seconde où un petit avion franchit la ligne de crête. Il survola la plantation en rase-mottes, avant de reprendre de l'altitude et de repartir dans une grande vrille en direction du ciel. Abasourdi et lui-même pris de vertige, mon oncle avait mis un certain temps à remarquer cette fine poussière qu'il avait semée dans son sillage. Ça puait l'insecticide et ça laissait sur les doigts un film poisseux. Dès qu'il eut retrouvé ses esprits, Jairo se couvrit la bouche d'un pan de sa chemise et prit ses jambes à son cou, comme tous les autres ouvriers de la plantation. Mais pour eux tous, c'était trop tard. A leur retour des champs, tous avaient les paupières à vif et une toux dont certains murmuraient qu'elle serait incurable.

Ce jour-là, les Américains avaient détruit une douzaine de plantations en y répandant un pesticide qui n'était rien de moins qu'un poison. Les rois de la coca se contentèrent de replanter un peu plus loin dans la montagne, mais pour Jairo l'aventure s'arrêtait là. Avec ses poumons brûlés et sa santé désormais chancelante, il ne pouvait plus suivre le mouvement, et devait compter sur sa famille pour survivre. Il reprit donc la route de Medellín – un voyage au bout de l'enfer, à l'en croire. Et là, il découvrit que son frère ne vivait plus avec nous.

L'oncle Jairo était un autre homme en ce temps-là. Quand il s'est accroupi devant moi pour serrer ma petite main, j'aurais presque pu croire que mon père était de retour. Ce qui m'inspirait tout de même une certaine méfiance, c'était ces quintes de toux explosives qui le secouaient, mais qui avaient suffi à convaincre sa belle-sœur de l'accueillir chez nous.

Avant son arrivée, nos voisins considéraient ma mère comme une sorte de veuve. Peut-être avaient-ils pitié de ses malheurs, ils lui témoignaient du moins le respect qui lui était dû. Avec l'arrivée de Jairo, qui s'est arrogé la place du chef de famille, s'asseyant en bout de table et partageant le lit de ma mère, tout cela a bien changé.

Comme tout fils digne de ce nom, je donnerais ma vie pour ma mère, mais l'homme qui a usurpé la place de son propre frère, je ne lui dois rien. Il a infligé une telle honte à notre famille que mes grands-parents et mes cousins ont cessé de nous voir. J'aurais bien voulu pouvoir faire de même avec Jairo ! Au lieu de quoi, il est devenu notre seule famille. Je me souviens qu'au début j'étais horrifié par sa respiration sifflante, mais bien après que j'eus réussi à surmonter ma frayeur, il a toujours gardé à mes yeux quelque chose de monstrueux. Plus sa santé se dégradait, plus il voyait en moi un rival et une menace. La plupart du temps, j'arrivais à faire la sourde oreille à ses reproches et à ses récriminations, mais, cet après-midi-là, tandis que je me rongeais les sangs pour Alberto et pour ce que j'avais peut-être raté, mon oncle revint de plus belle à la charge.

– Cette façon que tu as de fuir tes responsabilités, Sonny... c'est une vraie insulte à l'honneur de la famille !

Il l'avait presque craché dans mon assiette. En levant les yeux, je le surpris en train de se curer l'oreille.

– Mais ça n'a rien d'étonnant : après tout, tu n'es que le fils de ton père !

Je ne voyais pas très bien ce qu'il entendait par là, mais repoussant ma chaise d'un coup de pied, j'ai vertement répliqué, en lui rappelant qu'il n'avait aucun droit de me parler comme ça, sous mon propre toit.

– J'étais ici chez moi, bien avant que tu n'arrives ! lui lançai-je, en le regardant droit dans les yeux. Et toi, tu pourras bien rester chez nous aussi longtemps que tu voudras, tu ne seras jamais qu'un intrus !

L'espace d'une seconde, il a paru tituber sous le choc, surtout lorsqu'il a entrepris, laborieusement, de se hisser sur ses pieds. Mais j'ai tenu bon. Je suis resté devant lui sans bouger d'une semelle, sidéré de lui avoir imposé le silence, ne fût-ce qu'un bref instant – jusqu'à ce qu'il réplique, d'une gifle magistrale sur la tempe. Je me suis aussitôt rué vers la porte, pour ne pas lui laisser voir qu'il m'avait fait mal.

Alberto était le seul à ne pas me juger. Le jour où quelques morveux du *barrio* ont osé prétendre que ma mère se vendait à des clients fortunés pour gagner sa croûte, il a eu vite fait de les remettre à leur place. On aurait cru entendre Mickey Mouse prenant une grosse voix pour jouer les durs, mais ça, on s'en fichait. Sa seule présence suffisait à faire s'écraser les plus forts en gueule.

« Si t'as quelque chose à dire à mon copain, couinait-il, tu viens d'abord en discuter avec moi ! »

Alberto aussi avait quelques problèmes familiaux, mais personne ne se serait risqué à en faire un sujet de plaisanterie. Je me sentais en sécurité à ses côtés, et j'ai croisé les doigts pour qu'il soit quelque part dans le secteur quand je me suis retrouvé dehors, en pleine fournaise. Je ne pouvais pas penser à mon oncle sans bouillir intérieurement, et seul le retour de ma mère avait une chance de ramener la paix entre Jairo et moi. Jusque-là, pas question de remettre les pieds à la maison.

En fait, ce n'était pas la première gifle qu'il me donnait. Mon oncle avait souvent la main leste, dès lors que les mots lui faisaient défaut, ce qui lui arrivait plus souvent qu'à son tour, vu l'état de ses poumons. Pratiquement chaque jour, j'avais le droit à une gifle ou à une bonne beigne, mais c'était la première fois que je le fichais en rogne en lui tenant vraiment tête. Ma propre audace me laissait un peu sonné, comme si je n'arrivais pas à y croire – comme le jour où on était sortis de chez Galàn, Alberto et moi, en laissant ce cadavre dans l'arrière-boutique...

J'ai erré longtemps dans les rues, en attendant que les picotements douloureux veuillent bien cesser du côté de mon oreille. Et finalement, je me suis retrouvé derrière la salle de billard à regarder le match de foot qui se déroulait sur un petit terrain entouré d'un grillage. La « cage », comme on l'appelait, était à l'origine prévue pour le basket, mais il y avait belle lurette que les paniers avaient disparu. Pour le foot, ce n'était pas l'idéal, avec toutes les mauvaises herbes qui poussaient dans les brèches du béton, mais la hauteur du grillage compensait. Les garçons du marché rappliquaient dès qu'ils avaient quelques minutes de pause, ce qui fait qu'il s'y déroulait un match perpétuel, entre des joueurs qui ne cessaient d'arriver et de repartir.

Aucun d'eux ne m'avait jamais invité à y prendre part, évidemment. J'aurais pourtant pu leur en remontrer, s'ils m'en avaient laissé l'occasion, mais pour eux je n'étais qu'un mioche – personne, autant dire. Un gamin transparent qui piaffait d'impatience dans la poussière, de l'autre côté du grillage, en se rongeant l'ongle du pouce. Alberto savait qu'il pourrait me trouver là, mais au bout d'une heure, j'en ai eu marre de l'attendre. Je me suis dit que Galàn saurait peut-être où il était, mais comme j'arrivais en vue de l'épicerie, je me suis senti du mou dans les genoux et je suis passé devant, incapable de franchir la porte. Un seul coup d'œil dans la boutique m'avait filé la chair de poule. J'ai continué mon chemin, la tête basse.

Là, j'étais vraiment furieux contre moi-même, et d'autant plus résolu à faire mes preuves. J'ai donc décidé de commencer par gagner un peu d'argent, avant de me remettre à la recherche de mon ami. Dans le quartier, il était relativement simple de ramasser quelques pesos, surtout quand on savait faire quelque chose de ses dix doigts. Comme la plupart des garçons de mon âge, j'étais capable de démonter une mob pour récupérer les pièces. Il suffisait d'aller au marché, de me renseigner et d'assiéger suffisamment longtemps les personnes concernées, pour décrocher le boulot convoité. J'avais donc les mains noires de graisse quand je me suis remis en quête d'Alberto, mais j'avais aussi quelques pièces en poche, en cas de besoin...

Finalement, les mains d'Alberto se révélèrent nettement plus sales que les miennes. Quant à la liasse de billets qu'il m'a mise sous le nez, elle m'a tout simplement laissé baba.

. 6

« T'occupe – ce qui est fait est fait ! » C'est ce qu'il m'a répondu, quand je lui ai demandé où il était passé. J'ai bien vu qu'il évitait mon regard. Il était venu m'ouvrir quand j'avais frappé à sa porte et il avait aussitôt filé à la cuisine, tandis que je lui emboîtais le pas en le bombardant de questions. Je l'ai rejoint près de l'évier. Il me tournait toujours le dos.

– La vache, marmonna-t-il. Je m'en grillerais bien une petite.

– Je peux aller en acheter un paquet, ai-je aussitôt répliqué d'un ton enjoué, en balançant mes pesos sur la table.

Il avait ouvert le robinet et frottait quelque chose, armé d'une brosse à ongles, la taille toujours sanglée dans sa satanée ceinture. Son blouson restait pris dedans, dans le dos. Au tintement de mes pièces, il a jeté un coup d'œil par-dessus son épaule, mais il n'avait pas l'air aussi enchanté que je l'escomptais. Je lui ai demandé ce qu'il voulait – des Hidalgos, ou des Lucky Strike ? – et il a répondu qu'il s'en fichait. N'importe lesquelles feraient l'affaire. Il m'a aussi demandé de prendre du papier à rouler, parce qu'il avait un paquet d'herbe, dans sa poche arrière.

– De l'herbe… tu en as ?

– Qu'est-ce que je viens de dire, bougre d'âne ?

– Alberto… ma phrase resta inachevée. Tu es sûr que tout va bien… ?

Un jour qu'on était allés livrer un paquet à l'aéroport pour Galàn, on avait gagné un joint tout roulé. Notre contact nous avait dit qu'il pourrait nous fournir de l'herbe, si on était intéressés ; il avait même de la poudre, précisa-t-il. Mais nous n'y sommes jamais retournés. Sur le chemin du retour, Alberto avait l'air impatient d'allumer le pétard, mais au bout de quelques taffes, il me l'avait tendu et m'avait laissé le finir. Ça avait dû lui retourner un peu l'estomac et je n'ai pas tardé à comprendre pourquoi… Et voilà qu'il me demandait d'aller chercher du papier pour qu'on puisse à nouveau jouer à se filer le mal de mer !

Comme il allongeait la main vers le chiffon à vaisselle, je l'ai obligé à me dire ce qu'il avait.

– Rien de spécial. C'est juste un cadeau. Qu'est-ce que je pouvais faire d'autre ?… tu crois que je pouvais dire non ?

– Un peu comme pour le pistolet ?

Maintenant qu'il s'était retourné vers moi, j'ai compris ce qu'il tâchait de nettoyer. C'était son blouson. On aurait dit qu'il avait tenté d'engloutir une gaufre à la fraise un peu trop vite, mais son air renfrogné me dissuada de lui demander plus de détails. Il tentait de s'essuyer les mains, à présent, tire-bouchonnant le torchon avec tant de hargne que j'ai cru qu'il allait le déchirer. Il dut sentir le regard inquiet que j'avais posé sur lui, car sa colère parut retomber en un clin d'œil et il me proposa d'aller lui-même acheter des cigarettes.

– Garde ton fric, dit-il en tirant un paquet de dollars de sa ceinture. J'ai juste besoin d'un petit coup de fouet pour m'éclaircir les idées, d'accord ? Beatriz va bientôt rentrer. Je ne tiens pas à ce qu'elle me trouve dans cet état.

Il devait bien y avoir cent dollars, là-dedans ; peut-être même cent cinquante.

C'était plus qu'il n'en fallait pour me mettre la puce à l'oreille. Le blouson d'Alberto était plein de sang et dans son regard je pouvais lire qu'il s'était passé un sale truc, cet après-midi-là. Je ne savais vraiment plus que dire ni que faire. J'ai pris l'argent qu'il me tendait. Je lui ai dit qu'on se retrouverait sur le toit, dès que j'aurais acheté le papier et les cigarettes, et je suis parti.

Ce soir-là, je suis allé me coucher direct, sur la pointe des pieds. Ma mère n'était toujours pas rentrée et l'oncle Jairo s'était endormi devant une course de taureaux. La télé était la seule source de lumière dans tout l'appartement – l'ampoule du plafond avait encore dû claquer... J'étais environné d'ombres tremblotantes, qui clignotaient frénétiquement. Mais ça, j'avais l'habitude. Je suis resté longtemps allongé sur mon lit, n'écoutant les commentaires que d'une oreille. Je n'avais pas fumé autant qu'Alberto sur le toit, mais suffisamment pour sentir encore les effets de l'herbe. Et cette fois, c'était nettement plus agréable. Cette chienne de journée avait fini mieux qu'elle n'avait commencé. Au début, Alberto était tellement à cran que j'ai cru qu'il partirait au bout de deux secondes. Il ne cessait de se trémousser, de s'agiter ou de faire craquer ses jointures. Il se plaignait du manque de musique et d'animation. Dès le premier joint, il s'est calmé et lorsque j'ai écrasé le mégot du second, on est restés assis côte à côte, tranquilles, en regardant le soleil glisser derrière les montagnes.

Après ça, on est allés se balader dans le quartier, du côté de la salle de billard. On a regardé les vieux jouer aux dés, en mangeant des ailes de poulet grillées, cadeau d'Alberto. J'attendais qu'il me raconte ce qui lui était arrivé, cet après-midi-là, mais il évitait le sujet – soit qu'il s'en tapait, soit que ses idées n'avaient pas encore eu le temps d'infuser. Je me suis dit qu'il suffisait d'attendre, qu'il finirait par tout cracher, à son rythme. Moi, je n'avais aucun secret pour lui...

– Qu'est-ce qu'on fait, demain ? lui ai-je demandé, en léchant mes doigts pleins de sauce.

– Demain, c'est un autre jour, m'a-t-il répondu, comme s'il n'était pas vraiment sûr que le soleil se lèverait à nouveau. J'ai essayé d'intercepter son regard en espérant que ça l'aiderait à se lâcher, mais il s'est contenté de balancer le carton du poulet et de se tapoter la bedaine, en étouffant un petit rot. J'ai bien noté qu'il avait toujours sa ceinture-portefeuille sous son blouson et je n'étais pas près d'oublier l'arme qu'il cachait là-dedans, avec son billet pour le match, et toute son oseille...

– Tout ce que je sais, Sonny, c'est que demain, ça nous fera un jour de moins à attendre, avant le match. Avant le plus beau jour de notre vie !

Le lendemain, au petit matin, mon oncle a eu une crise. Je dormais à poings fermés, sans doute à cause de l'herbe, mais heureusement ma mère venait de rentrer. D'après ce qu'elle m'a raconté, Jairo s'est réveillé presque aussitôt. En ouvrant les yeux, il a dit que la télé était tombée en panne, et que ses poumons avaient l'air de vouloir prendre le même chemin. Il s'est mis à hurler, et ma mère a commencé à s'inquiéter en l'entendant tomber de son fauteuil, les deux mains crispées sur sa gorge, comme s'il était aux prises avec un étrangleur invisible. Le masque à oxygène a fini par éloigner ce démon vengeur mais, tandis que ma mère me décrivait la scène, je ne pouvais m'empêcher de penser que c'était le fantôme de mon père qui était revenu chez nous.

Le vieux crétin était encore K.-O. à l'heure du petit déjeuner. On se parlait à mi-voix et à toute vitesse, avec ma mère. Sans doute avions-nous, l'un et l'autre, des tas de bonnes raisons de ne pas vouloir le voir rappliquer.

– Tu penses aller à l'école aujourd'hui, Sonny ?

Tous les matins, elle me posait la même question, comme si l'école n'était qu'optionnelle. Ça faisait bientôt deux ans que je n'avais pas mis les pieds dans une salle de classe et plus les semaines passaient, plus j'avais du mal à lui dire la vérité. D'ailleurs, selon Alberto, ma mère préférait ne rien savoir. Ainsi, la situation lui semblait moins angoissante. Et comme tous les matins, je lui ai répondu :

– Bien sûr que j'y vais.

Sauf que ce jour-là, j'ai riposté par une autre question.

– Et papa, tu penses toujours à lui ?

Elle était en train de faire chauffer le lait pour le café. Pendant un moment, elle a fait comme si elle n'avait pas entendu. Je me suis avisé que j'avais dû la brusquer un peu, mais ça me tracassait. J'avais besoin de savoir. Ma mère avait de beaux cheveux, couleur de chocolat noir, qu'elle ne dénouait que pour la nuit. Et à cet instant, comme elle se penchait pour verser le lait dans nos deux tasses, j'ai remarqué qu'il s'y mêlait quelques fils gris. Mais sur elle, c'était très beau. On aurait dit qu'elle était aussi vieille que l'univers lui-même, et qu'elle avait été là de toute éternité.

– Je prie pour lui, a-t-elle fini par me dire, avant de hocher la tête, comme pour s'approuver elle-même, comme si elle avait prononcé ces mots sans en être tout à fait sûre. Je prie pour vous deux.

Alberto habitait deux étages en dessous de chez moi. Pour descendre chez lui, je n'avais que six pas de géant à faire, à condition de ne pas dégringoler de la rampe, au pied de chaque volée de marches. J'allais souvent frapper à sa porte, et je pouvais entrer sans même attendre la réponse. J'avais un double de sa clé, tout comme il avait un double de la mienne. Le plus souvent, s'il ne répondait pas, c'était qu'il était toujours au lit, mais j'aimais bien entrer et attendre qu'il émerge. Son appartement ressemblait au mien – mon oncle en moins, évidemment. Ce qui faisait qu'en l'attendant, je pouvais passer un moment tranquille, à écouter la radio ou à penser à toutes sortes de trucs, sans sentir planer la menace d'une gifle ou d'un coup de pied aux fesses.

Je m'arrangeais toujours pour faire un peu de raffut en entrant, pour qu'Alberto n'aille pas s'imaginer que c'était un voleur. Je ne voulais pas qu'il s'en tire à si bon compte, le gros flemmard !

– Debout, *vagabundo*. C'est moi ! Arrête de baver sur ton oreiller, et grouille-toi de fourrer tes grosses fesses dans ton calcif !

Ce matin-là, je rigolais dans ma barbe en entrant chez lui, lorsque j'ai eu le souffle coupé par la vision fugitive qui avait traversé mon champ visuel.

– Sonny !

J'ai immédiatement battu en retraite vers la porte, le feu aux joues.

– J'ai rien vu, j'ai rien vu ! ai-je menti. Eh bien...

J'aurais voulu disparaître dans le premier trou de souris venu.

– Seigneur ! Fiche-moi donc le camp !

L'ombre que j'avais entraperçue, c'était la sœur aînée d'Alberto qui sortait de sa douche, les cheveux ruisselants. Elle n'avait même pas eu le temps de s'enrouler dans sa serviette, qu'elle tenait serrée contre elle. J'avais l'impression d'avoir pris sur le vif un animal mythique si rare qu'on avait peine à se convaincre qu'on l'avait vraiment vu...

– Excuse-moi, Beatriz ! Je suis vraiment désolé. Je venais chercher Alberto.

– Merci, j'avais compris, répliqua-t-elle derrière la mince cloison. Tu m'as fait une de ces peurs, à débarquer comme ça, sans crier gare ! Qu'est-ce que t'as dans la tête ?

– Je te fais toutes mes excuses, fis-je, tentant désespérément de concentrer toute mon attention sur la porte. Je ne savais pas que tu étais là.

– Eh si ! Mes cours s'arrêtent deux semaines avant les examens, si ça t'intéresse.

– Ah. Je peux me retourner, maintenant ?

– Non !

– Et ton frère, il est là... ?

– Il est parti tôt ce matin, avant maman. Je pensais que vous étiez ensemble, comme d'habitude.

– Eh non, pas aujourd'hui, répliquai-je, d'un ton qui se voulait léger et désinvolte.

Beatriz n'avait que quatre ans de plus que nous, mais elle commençait déjà à prendre l'allure d'une très jolie jeune femme. Je n'aurais su dire ce qui me secouait le plus, de l'avoir surprise en costume d'Ève ou d'apprendre qu'Alberto m'avait encore fait faux bond – et pour aller faire quoi ?

– OK, c'est bon, fit-elle d'un ton plus aimable. Tu peux regarder.

J'ai pivoté vers elle, tout penaud, en priant pour que ma tête ne trahisse pas mon émotion. Beatriz avait enfilé un T-shirt frappé du logo du Nacional, qui lui arrivait presque aux genoux, et s'essuyait les cheveux dans sa serviette.

– Tiens ! je croyais qu'il était à Alberto, ce T-shirt... ai-je bafouillé, en me creusant les méninges pour trouver quelque chose à dire.

– C'est à lui, répliqua-t-elle. Mais c'est le seul truc qui me soit tombé sous la main. J'avais besoin de me couvrir.

– Oh ! je te demande vraiment pardon...

– Ça va, j'ai compris !

Sa remarque m'arracha un grand sourire qu'elle me retourna. J'aurais voulu lui dire que je le trouvais nettement plus joli sur elle, ce T-shirt, mais la nervosité me faisait perdre mes moyens. Alberto, les rayures vertes et blanches le faisaient ressembler à un gros tube de dentifrice, mais sur Beatriz, c'était vraiment chouette, avec ses yeux noir de jais et ses longs cheveux assortis, avec une frange coupée court. Il ne me semblait pas l'avoir déjà vue avec cette coiffure. D'habitude, j'étais plutôt relax en sa présence – mais il faut dire que jusque-là, je ne l'avais jamais vraiment regardée.

– Sonny… reprit-elle, comme pour me faire atterrir. Tu peux t'en aller, maintenant.

– Ah. Oui… bien sûr.

Je parvins à remettre la main sur la poignée, avant de filer en direction du palier.

– Désolé, répétai-je bêtement.

– T'inquiète pas, je lui dirai que tu es passé, fit-elle, cette fois avec l'ombre d'un sourire. Allez, au revoir Sonny ! Bonne journée…

– A toi aussi. Et joyeuses révisions !

– Oui, merci, fit-elle avant de refermer la porte.

Je suis resté un moment planté sur le palier. Le bruit du verrou qu'elle tirait me fit faire la grimace. « Joyeuses révisions… » marmonnai-je. Purée, t'as encore des progrès à faire… !

Si Alberto avait assisté à la scène, il m'aurait empoisonné toute la matinée. J'aurais dû me farcir ses reproches sur la manière dont je m'étais tiré de cette délicate situation. J'entendais déjà ses jérémiades…

« Alors, comme ça… t'as vu ma sœur à poil ? T'as intérêt d'effacer ça rapidos de ta mémoire, mon pote ! Tu fais vraiment pas le poids avec une fille comme Beatriz ! D'abord, elle a seize ans, et puis elle est beaucoup trop bien pour toi, comme la plupart des filles du quartier !

Bien sûr, j'aurais répondu vertement, protestant de mon innocence. J'aurais même fini par en rire avec lui. Mais ce matin-là, je n'avais que moi-même pour toute compagnie, ce qui n'était effectivement pas grand-chose.

Alberto avait des tas de choses à faire. Un emploi du temps qui l'occupait toute la journée. Il avait des gens à voir, des commanditaires qui lui confiaient des boulots importants et payaient rubis sur l'ongle. Et moi, qu'est-ce que j'avais ? Quelques pesos au fond de ma poche et un vieil emmerdeur qui m'attendait à la maison.

Lorsqu'il me rejoignit, bien plus tard, derrière la salle de billard, je me sentais plutôt misérable.

– Salut, le mioche !

Il s'est affalé à côté de moi, le nez levé vers le soleil. C'était la première fois qu'il m'appelait « le mioche », alors que la plupart des gens du quartier ne s'en privaient pas. Je me suis bien gardé de relever, tout en espérant que ça n'allait pas devenir une habitude.

– Ma sœur m'a laissé un mot, fit-il. Paraît que tu t'es pointé chez moi, ce matin ?

– Exact, oui.

Je m'abstins de lui fournir de plus amples détails, en croisant les doigts pour qu'elle ne lui ait rien dit de plus. Nous avons suivi le match en silence pendant un moment. Ça n'avait rien de palpitant : une bande de vieux passablement ramollis qui se refilaient la balle sans beaucoup de punch. Ce qu'il leur aurait fallu, c'était du sang neuf, deux ou trois nouveaux joueurs comme nous, pour relever un peu le niveau.

– Dommage que tu n'aies pas été là ce matin, finit-il par dire. Tous les deux, on aurait fait un malheur.

La proposition arrivait un peu tard. D'ailleurs, s'il avait besoin de moi, il savait où me trouver.

– Salissant, comme boulot ? ai-je demandé, sans quitter la balle des yeux.

– Hein, quoi ?

Je sentais qu'il s'était tourné vers moi, mais j'ai continué à regarder le match, en me mordant la langue pour ne pas lui demander combien de dollars il avait à nouveau récolté avec son flingue. Je tenais d'abord à lui rappeler que nous étions censés faire équipe.

– Sonny... fit-il, c'est quoi, ton problème ?

– Ça, disons que ça dépend de ce que tu as fait aujourd'hui...

– Tu veux vraiment savoir ? fit-il, cette fois un ton plus haut. OK. Je suis allé en ville. Faire des courses. J'ai dépensé tout le fric qui me restait pour m'acheter un nouveau blouson, histoire de remplacer celui que j'ai bousillé hier, ainsi qu'une nouvelle chemise et deux ou trois autres trucs. J'avais envie de m'offrir ça. C'est tout. Et je n'ai pas cru bon de te demander la permission. Ça te pose un problème ?

Je le regardais dans le blanc de l'œil, à présent, en me forçant à soutenir son regard. Jusque-là, il n'était jamais sorti de ses gonds avec moi, et je comprenais tout à coup à quel point sa présence même pouvait être menaçante. Sentant croître cette menace, je lui dis :

– OK, laisse tomber. Oublie tout ça.

– C'est oublié, répondit-il, mais il ne bougea pas d'une semelle.

Il réfléchissait, scrutant mon visage comme s'il espérait y trouver la réponse aux siens, de problèmes.

– Tout ça, c'est encore à cause de ce flingue, pas vrai ? Nom d'un chien, Sonny !

– Hier, t'es rentré chez toi couvert de sang, et les poches pleines de fric. Je ne suis pas débile, Alberto. Je vois bien qu'il y a un lien entre ces deux trucs. Ce qui me chiffonne, c'est pourquoi tu refuses de me le dire.

– Parce que je ne peux pas t'en parler ! aboya-t-il.

Et il s'interrompit aussitôt, se retenant de poursuivre. Il souffla un grand coup et reprit la parole, cette fois d'une voix plus calme :

– Parce que si je l'ouvre, rien qu'une fois, je suis mort !

Ses yeux restaient plantés dans les miens, il m'implorait de comprendre à demi-mot.

– Ils m'ont fait jurer de ne rien dire, Sonny. Je dois tenir parole. Alors arrête de me poser des questions, mon vieux. Essaie de comprendre.

– C'est qui, «ils»?

– Ceux pour qui je bosse, fit-il d'un ton brusque, les yeux plissés. Les gens qui m'ont payé pour faire un boulot grâce auquel j'ai pu acheter deux tickets pour le match – un pour moi, et l'autre pour mon meilleur pote. Et maintenant, laisse tomber les questions, et arrête de jouer les nounous.

– A te voir, on jurerait pourtant que t'as vraiment besoin de quelqu'un qui s'occupe de toi.

– Je ne suis plus un moutard. Combien de fois faudra te le répéter, Sonny? Maintenant, je sais me débrouiller tout seul.

C'est alors qu'il m'a montré son holster, sous sa chemise. Il était fixé haut, juste sous son aisselle, avec le pistolet bien calé dedans. Et là, je me suis senti vraiment largué. J'ai eu à peine le temps d'entrap'ercevoir l'arme. La seconde d'après, il l'avait à nouveau planquée. J'ai levé les yeux vers Alberto, aussi sidéré que la première fois qu'il m'avait sorti son pistolet, et j'ai vu qu'il souriait.

– Génial, hein? C'est un des trucs que je suis allé m'acheter, m'expliqua-t-il. Comme ça, pas de problème. Et je dégaine en un clin d'œil!

Il se tapota le flanc – ça faisait une bosse sous sa

chemise. Puis il plongea la main dans sa poche et en sortit deux sucettes au citron vert.

– Et ça, c'est l'autre truc ! dit-il, en m'en tendant une avec un grand sourire niais.

A une époque, tout notre fric partait en bonbons et en sucreries. Et, quand on n'avait pas le sou, on se débrouillait pour les piquer – ils n'en étaient que meilleurs.

– J'en ai acheté une boîte entière ! dit-il, en défaisant le papier de sa sucette. Je crois qu'on a bien mérité ça, tous les deux.

J'aurais voulu partager son euphorie, mais ce n'était pas moi qui la portais, cette arme. J'ai calé ma sucette entre mes dents pour garder les mains libres et à ma grande joie, Alberto a suggéré de nous mettre en quête d'un match auquel on pourrait participer.

Justement, il en avait vu un, en venant. Une petite bande de notre *barrio*, qui était souvent à la recherche de nouveaux joueurs.

Peut-être à cause de l'émulation, ou même juste de la présence de ce flingue sous sa chemise, le jeu d'Alberto fut très agressif ce jour-là. Chaque fois que je lui passais la balle, il l'envoyait le plus loin possible. Il marqua de si près l'un des garçons qui avait osé le faire trébucher, que ce joueur ne put recevoir la moindre passe tant qu'Alberto resta sur le terrain. Je ne le vis même pas partir. J'étais trop occupé par l'action qui se déroulait dans la surface de réparation. Et puis, soudain, comme je jetais un coup d'œil autour de moi, j'ai vu qu'il nous manquait un joueur. Le gardien, à qui je demandais s'il savait où était passé mon copain, m'a répondu en rigolant que son « prince charmant » s'était pointé dans un gros 4x4 et qu'Alberto avait filé avec lui. Pour rien au monde je ne me serais associé à leurs railleries mais je n'ai rien fait pour défendre le nom de mon ami.

. 7

Cette semaine-là, Alberto me laissa tomber deux fois encore. Puis trois fois la semaine suivante, peut-être quatre, après quoi j'ai cessé de compter. Le jour du grand match approchait. J'avais commencé à rayer les jours dans le calendrier.

La plupart du temps, c'était le type au drôle d'œil qui venait le chercher, dans sa vieille Dodge verte, mais il était parfois parti avant le lever du jour et quand j'allais le chercher, je tombais invariablement sur sa sœur. Je prenais toujours soin de frapper avant d'entrer, mais chaque fois qu'elle venait m'ouvrir, elle me trouvait avec les joues rouge pivoine et à peine capable d'aligner deux mots. Pourtant, elle était vraiment sympa, Beatriz. La plupart des filles de son âge m'auraient regardé de haut, mais pas elle. Elle me fusillait tout de même du regard, chaque fois que je lui demandais où était son frère. Un regard éloquent : sans savoir ce qu'il mijotait au juste, elle subodorait quelque chose de pas net. J'aurais bien aimé lui dire que moi aussi, j'étais inquiet pour Alberto ; mais la plupart du temps j'ouvrais la bouche pour parler et je me ravisais avant d'avoir prononcé un seul mot.

Sauf une fois.

– Qu'est-ce que j'y peux, moi ? ai-je lâché, un matin. Je ne suis pas son père. Juste son copain...

– Je sais, a-t-elle répondu, d'une voix calme. Mais tu es la personne la plus proche de lui, après nous. S'il avait des ennuis, il t'en parlerait sûrement. Alors, s'il y a quelque chose que tu voudrais me dire, Sonny, tu sais que je suis là.

– Tu peux compter sur moi, fis-je, en partie parce que je n'avais pas le choix, mais aussi parce que je me sentais investi d'une mission aux yeux de Beatriz.

Je n'ai jamais parlé de cette promesse à Alberto. Je ne lui ai jamais raconté les conversations que j'avais avec sa sœur, quand j'allais frapper chez lui en son absence. Je craignais qu'il ne riposte en me demandant ce que je pouvais lui trouver de si intéressant, et qu'il n'en remette une couche sur le thème « t'es qu'un débile, et elle, c'est ma sœur », et patati et patata...

D'ailleurs, quand il revenait, il était rarement d'humeur à faire la causette. Chaque fois, j'avais l'impression d'avoir affaire à une personne différente. Un jouet mécanique qu'on aurait trop remonté. Quand je lui demandais ce qu'il avait fait de sa journée, il esquivait ma question et changeait de sujet, me parlant tout à coup de telle cassette vidéo pirate qu'il avait vue sur un étalage, ou de tel transfert dans le Nacionale, avant le début de la saison. Il avait parfois besoin de plusieurs joints pour se calmer les nerfs et, même après avoir fumé, il ne redevenait toujours pas lui-même. Il était parfois presque trop calme. Il semblait si perdu dans ses pensées que je craignais qu'il ne puisse y retrouver son chemin. Ça ne durait jamais bien longtemps. Une bonne nuit de sommeil, et il n'y paraissait plus. Le lendemain, il avait retrouvé toute sa vivacité et son assurance. Le gabarit hors normes d'Alberto en faisait quelqu'un de naturellement plus grand que nature, mais à cela s'ajoutait à présent une sorte d'aplomb, d'arrogance joyeuse. Il marchait la tête haute, d'un pas que je n'arrivais pas à imiter. De temps en temps, j'essayais bien de rouler les mécaniques comme lui, mais ça ne marchait pas. Je me disais qu'il me faudrait juste un peu plus d'entraînement, mais il n'était évidemment pas question de m'exercer en sa présence...

Et pendant ce temps, l'argent continuait à lui tomber dans les poches. Alberto était plutôt du genre partageur. Un soir que je traînais sur le toit, je l'ai vu arriver avec un gros radio-cassettes. Flambant neuf!

– Me dis pas que tu as traversé tout le quartier avec ça sur l'épaule! m'exclamai-je en riant – et j'ouvris de grands yeux quand il m'annonça que si. Purée! C'est à croire que les voleurs ont perdu la main, dans cette ville!

– Y a personne qui oserait s'attaquer à moi, dit-il.

Je ne voyais que trop bien ce qu'il voulait dire. Ma vanne avait fait un plat retentissant. La semaine précédente, une bande de gosses du quartier qui avaient vu mon pote monter dans la Dodge trois jours d'affilée avaient commencé à faire courir le bruit qu'Alberto allait tailler des pipes pour se faire du fric. Mais les rumeurs avaient stoppé net dès que l'intéressé en avait eu vent. Ceux qui les faisaient courir avaient dû apprendre d'où lui venait réellement son argent. Toujours est-il que cela lui valait d'une aura de danger qui forçait le respect. Et lorsque cette aura commença à déteindre sur moi, je me sentis investi d'un grand privilège. Galàn lui-même vint me trouver pour me proposer de livrer plus de cigarettes, assortissant son offre d'une substantielle augmentation, puisque je devrais désormais travailler seul – le vieux était bien placé pour savoir qu'Alberto avait mieux à faire. J'ai accepté plusieurs missions, pour lui montrer que j'étais tout aussi digne de sa confiance. Les gens du *barrio* nous regardaient d'un autre œil à présent. Ça se manifestait par d'infimes détails – un regard, une certaine façon de nous dire bonjour. Mais à présent, pas de doute : nous avions pignon sur rue. Je ne me sentais plus vraiment sur la touche. En tout cas, Alberto faisait l'impossible pour me faire profiter de sa bonne fortune – comme le prouvait le gros radiocassette qu'il avait déposé à mes pieds.

– Cadeau, dit-il en allant s'accouder à la hotte du conduit d'aération. Il était temps qu'on ait un peu de musique sur ce toit. On pourrait écouter un de ces trucs à la guitare acoustique que tu aimes tant...

– Je ne peux pas accepter ça, Alberto ! C'est trop...

Je restais bouche bée devant le cadeau, lorsqu'un CD me tomba sur les genoux. Nirvana. *Unplugged in New York*. Une version *live* originale – pas une cassette repiquée, ni un CD piraté. Et rien que des chansons à la guitare acoustique. Un régal !

– Vas-y, prends-le, insista-t-il, comme je me répandais à nouveau en protestations. Tu vas finir par me vexer.

Ce soir-là, sur notre toit, j'avais le sentiment d'être un prince sur son trône, avec la ville à mes pieds. On a branché la stéréo, on a trouvé la touche *repeat*, et puis on a écouté Nirvana en boucle, en laissant tourner le monde autour de nous. Le chanteur, Kurt Cobain, s'était suicidé, c'était de notoriété publique. Et d'après le type qui avait vendu le CD à

Alberto, c'était juste après cette session-là qu'il s'était flingué. J'écoutais donc religieusement chaque note, avec une attention passionnée, en me demandant s'il avait déjà conscience, à ce moment-là, d'être si proche de sa fin. Dans sa voix ne filtrait aucune trace de tristesse ni de peur. Un peu de lassitude, peut-être, comme quelqu'un qui aurait besoin d'une bonne nuit de sommeil…

Entre chaque titre, un concert de pétards meublait le silence. Ça faisait déjà plusieurs soirs qu'on y avait droit. Les détonations ébranlaient la nuit comme l'auraient fait de vrais coups de feu – d'ailleurs, il y en avait peut-être, dans le lot. Mais ce qui était sûr, c'était que la fièvre de la fête commençait à monter en ville. Le quartier s'était couvert de banderoles. Tout le monde s'était déjà arrangé pour être à proximité d'un poste de télé ou au moins d'une radio, samedi prochain. Notre plan, à Alberto et à moi, était déjà arrêté : quand le coup d'envoi du premier match du Nacional serait donné, ce week-end, nous serions tous les deux aux premières loges.

– La vie, ça devrait être tout le temps comme ça… ai-je soupiré, en écoutant se terminer un autre morceau.

On s'était allongés sur le dos, les yeux fixés sur les petits points lumineux qui s'allumaient là-haut, un à un.

– Ça, c'est sûr, approuva Alberto. Et si on gagne ce match, ça n'est pas près de s'arrêter.

Pour l'instant, je n'avais même pas pensé au score. Je ne voyais pas plus loin que le coup d'envoi. Je finis par lui demander :

– Tu voudrais faire quoi, quand tu seras grand ?

– Je suis grand, répondit-il, les yeux toujours perdus dans les étoiles.

– Ouais, bien sûr. Mais tu vois ce que je veux dire. Et n'essaie pas de me répondre « avant-centre », parce que ça, c'est mon truc à moi.

Je l'entendis étouffer un petit rire, puis il garda le silence. Kurt attaquait une autre chanson, sur fond de crépitement de pétards. Il y était question d'un type qui avait vendu le monde. La guitare acoustique solo sonnait un peu instable, çà et là, mais la mélodie n'en était que plus convaincante.

Alberto se décida à reprendre la parole.

– Tu sais ce que j'aimerais vraiment, finit-il par dire. Ce que je voudrais, c'est être en sécurité.

– Pourquoi ? Tu te sens en danger ?

Je me tournai vers lui, la joue sur mon avant-bras. Il a soufflé un grand coup et m'a jeté un coup d'œil, pour s'assurer d'avoir toute mon attention.

– Toutes les nuits, je rêve que je m'enfuis à toutes jambes. Y a quelque chose qui me poursuit. Je ne peux pas dire ce que c'est, parce que chaque fois que j'essaie de regarder derrière moi, je ne vois que du noir.

– C'est un cauchemar, lui dis-je. Tout le monde fait des cauchemars.

– Mais celui-là, je le fais si souvent que je n'en ai même plus peur. Je rêve que je cours pour échapper à un danger mortel et que le seul moyen de me sauver, c'est de me réveiller. Mais juste une fois, tu vois, j'aimerais bien rêver que je cours *vers* quelque chose. J'en ai marre d'être toujours à cran, à cause d'un truc qui est *derrière* moi, tu piges ?

Je n'étais pas sûr d'avoir compris à cent pour cent, mais j'ai hoché la tête.

– Ça va venir, l'assurai-je. Tu vas voir qu'on va se trouver un bon truc, tous les deux, vieux. On s'est déjà dégoté de sacrés bons boulots.

Avec un soupir, mon ami s'est redressé et s'est assis. Il a baissé le volume de la stéréo et a regardé au loin, du côté des gratte-ciel du centre-ville. On aurait dit une poignée de pierres tombales, cernées de toutes parts par un océan de toits.

– Si ma mère découvre que je me trimbale une arme, fit-il, le prochain boulot que j'aurai, ça sera en enfer.

– T'as peur, on dirait ?

C'était à mon tour de m'asseoir.

– Pas de ce qu'elle pourrait me faire, répliqua-t-il

aussitôt. Ce que je crains le plus, c'est ce que la vérité pourrait lui faire, à elle.

– Elle va piquer une sacrée crise, c'est sûr.

– Une sacrée crise ? Elle ne s'en relèvera pas, mon pote. Et ça sera ma faute. Son fils unique, se promener avec un flingue !

– Tu peux être sûr que je ne dirai rien à personne, lui dis-je en espérant le rassurer. T'as ma parole.

Alberto haussa les épaules et s'alluma une cigarette.

– Elle refuse tout l'argent que je lui donne, me confia-t-il. J'essaie même plus de lui en donner, parce que chaque fois elle me regarde d'un drôle d'air, comme si elle allait se mettre à chialer. Hier, elle a commencé à fouiller mes affaires. Je m'en suis aperçu en rentrant. Elle avait tout chamboulé dans ma chambre, avant de tout remettre en place.

– T'es dingue ! m'esclaffai-je. Elle a juste fait un peu de ménage ! Tu m'étonnes, que t'aies des cauchemars. T'as besoin de te calmer un peu.

– Avec un flingue, c'est pas si simple, mon pote.

– Si tu veux, je peux m'en occuper quelque temps à ta place.

J'avais lancé ça comme ça, sans trop réfléchir, et il était trop tard pour revenir sur ma proposition.

– Juste une nuit, disons – histoire que tu puisses dormir tranquille.

Il m'a dévisagé un instant en réfléchissant, puis a détourné le regard en secouant la tête.

– A toi aussi, ça te filerait des cauchemars, Sonny. Garanti.

– Fais-moi confiance, vieux. Je suis à la hauteur.

C'était mon tour de lui dire ce que j'avais sur le cœur, l'occasion rêvée de lui prouver que j'étais tout aussi capable que lui. C'était Alberto qui avait été choisi, mais ça, ça prouverait que nous étions toujours égaux.

– Alors, vieux, qu'est-ce que t'en dis ?

– J'en dis que tu es barjot, Sonny. Mais tu sais quoi – j'ai tellement besoin d'une bonne nuit de sommeil que l'idée ne me paraît somme toute pas si mauvaise.

Sur ces mots, il avait défait la boucle de son holster. Mon cœur s'emballa dans ma poitrine.

– Mais avant tout, il faut que tu me jures de ne pas y toucher. Essaie même pas d'enlever le cran de sûreté. Ils ont compté les balles, pour s'assurer que j'irai pas travailler pour quelqu'un d'autre.

Je sentis un frisson glacé me parcourir lorsqu'il me tendit le holster et un autre quand mes doigts effleurèrent la crosse. Le tout me parut étonnamment léger. On aurait dit un jouet, bien qu'Alberto eût l'air tout à fait convaincu du contraire. Il fit jouer ses épaules et déclara que c'était un soulagement de ne plus avoir ce truc sur le dos.

– Tu crois que je dois le mettre ? lui ai-je demandé. A vrai dire, j'étais aussi embarrassé que si on m'avait collé un nourrisson dans les bras. Je ne savais pas quoi en faire. Je restais là, à m'emmêler les pédales.

– Tu crois que je dois le mettre ? a-t-il répété, en me singeant. Non : t'as qu'à canarder en bas, dans la rue, jusqu'à ce que quelqu'un réplique ! Bien sûr qu'il faut le mettre. Sous ta chemise, bien planqué.

Alberto me passa le holster et referma la boucle, après m'avoir fait jurer sur la tête de ma mère d'oublier jusqu'à son existence. Puis il me promit à son tour de passer le reprendre chez moi le lendemain matin, à la première heure.

– Ça t'évitera de revenir traîner chez moi pour zyeuter ma sœur ! ajouta-t-il avec un clin d'œil.

Je me hissai péniblement sur mes pieds. J'avais la tête qui tournait, et l'herbe n'arrangeait rien. La dernière pique qu'il m'avait balancée tombait comme un cheveu sur la soupe, mais je repris aussitôt mes esprits, bien résolu à lui montrer que c'était désormais moi qui assurais, et plus lui. C'était moi qui avais le flingue, un flingue chargé ! Je ne m'étais jamais senti dans une telle euphorie – et je n'avais jamais eu aussi peur de moi-même.

– N'oublie pas la stéréo, fit-il. Et n'oublie pas qu'elle est à toi.

– Et si tu l'emmenais plutôt chez toi, Alberto ?

– Donner, c'est donner, insista-t-il en se baissant pour la ramasser. Mais si tu préfères, y a qu'à dire que c'est le prix que je te paie, en échange d'une nuit de tranquillité.

J'appuyai sur la touche *stop* et glissai la main sous la poignée. Quittant notre toit, nous sommes redescendus dans le monde normal, sans piper mot. En bas, comme tous les soirs d'été, la ville semblait prise dans un tourbillon d'effervescence. Sauf que cette nuit-là, j'avais le sentiment d'être au cœur même des événements.

8

– Sonny ! C'est toi qui faisais tout ce raffut sur le toit ? Ramène-toi un peu, petit crétin !

Je n'avais même pas eu le temps de refermer la porte derrière moi que ces exclamations saluèrent mon retour. Ma mère ne devait pas être rentrée, car l'oncle Jairo était encore écroulé devant la télé, dans le noir. C'était un de ces talk-shows où on ne comprend rien, parce que tout le monde crie en même temps – et mon oncle se sentait obligé d'élever la voix pour me parler, au lieu de baisser le volume. Franchissant le rideau, je l'ai trouvé à sa place habituelle, en tête-à-tête avec sa bière. La fenêtre était grande ouverte mais, vu le niveau sonore de la télé, j'avais peine à croire qu'il ait pu entendre quoi que ce soit à l'extérieur. A la lueur de l'écran, le visage de Jairo prenait une nuance blafarde. Derrière lui, sur le mur, son ombre gesticulait. A la télé, deux participantes rivalisaient de hurlements, et le débat menaçait de dégénérer en bataille rangée, malgré les efforts du présentateur qui tentait de maintenir un semblant d'ordre.

– Je vais me coucher, oncle Jairo. Tu pourrais baisser un peu le son ?

– Il faudrait un mec, un vrai, pour leur apprendre la politesse à ces deux punaises ! grommela Jairo, les yeux toujours rivés à l'écran.

Au même instant, comme le présentateur tentait timidement d'intervenir dans le débat, l'une des invitées lui imposa silence en lui poussant le sternum du plat de la main.

– Nom d'un chien ! tu ne vas quand même pas te laisser faire par cette pétasse !

Dans sa fureur, Jairo avait failli fiche sa bière par terre. Puis il parut se calmer un peu, comme s'il s'était enfin rendu compte que c'était à un poste de télé qu'il avait affaire. Il se passa la main sur le front, puis sur la nuque et ramena son attention vers moi. Je n'avais toujours pas lâché le rideau, et je m'arrangeais pour lui présenter mon profil, pour qu'il ne puisse se rendre compte de rien dans la pénombre. Alberto m'avait juré que le holster passait pratiquement inaperçu sous ma chemise, mais j'avais le sentiment d'avoir sous le bras une brique chauffée à blanc. Résultat, j'avais totalement oublié ce que je tenais à la main.

– Fais voir un peu ce que tu as, là…

– Quoi ?

– La stéréo, crétin, fit Jairo en me faisant signe d'approcher.

A sa voix, il avait un coup dans l'aile. Il n'était pas encore fin soûl, mais il avait l'air en bonne voie.

– Fais voir un peu à quoi ça ressemble…

– C'est à moi ! protestai-je, convaincu que si je le laissais mettre la main sur ma stéréo, je pouvais lui dire adieu.

– Sûr, que c'est à toi…

Il marqua une pause, le temps de prendre une rasade de bière.

– Alors comme ça, le fils du frangin a fait ses débuts dans le vol à la tire ? Remarque, c'est plutôt le contraire qui m'aurait étonné…

– Je ne l'ai pas volée ! m'écriai-je aussitôt. C'est un cadeau d'Alberto. Il me l'a… Il l'a achetée pour moi…

Mais plus j'essayais de me justifier, plus j'aggravais mon cas. J'aurais mieux fait de lui dire que ça n'était pas ses oignons, mais il était trop tard pour ravaler mes paroles.

– Sans blague ? Parce que c'est le grand amour, entre Alberto et toi, tout à coup ?

Jairo rigola un moment dans sa barbe, avant de s'interrompre, secoué d'une quinte de toux qui chassa de ses traits toute expression d'amusement. Il finit par reprendre souffle, et exigea que je lui remette la stéréo.

– Grouille-toi, Sonny. Tu serais devenu sourd, en plus d'être pédé ?

– Et si t'éteignais cette télé, histoire que je puisse mieux entendre tes insultes !

Il y eut un battement, quelques secondes pendant lesquelles les deux femmes de la télé semblèrent se calmer. Le regard de Jairo était resté fixé sur moi. Il ne toussait plus, mais à présent il soufflait comme un phoque. Il fit une vague tentative pour se lever.

– Tu veux que je te passe ta canne ? lui demandai-je, espérant atténuer un peu la virulence de mes paroles.

Mon oncle fit « oui » de la tête. Les yeux baissés, il s'appuya d'une main sur la table.

– Ça serait une bonne chose, oui... fit-il, et il resta là, vacillant, les épaules voûtées, pendant que j'allais la lui chercher.

Je crois que ni lui ni moi ne voulions vraiment la guerre. S'installer dans un conflit permanent aurait été absurde. Aucun des deux n'aurait pu gagner sans empoisonner l'atmosphère de la maison, et ma mère en aurait été la première victime. Je lui ai mis sa canne entre les mains et l'ai aidé à retrouver son équilibre.

– Allez, calme-toi. Reprends ton souffle.

Il me remercia, à deux reprises, puis, se redressant, me surplomba de toute sa hauteur. L'espace d'une seconde, je craignis même qu'il ne s'affale sur moi.

Je ne m'attendais donc pas au coup qu'il m'envoya en pleine poitrine, porté de ses deux mains réunies, agrippées à la crosse de sa canne. J'ai eu l'impression de décoller de terre. Je suis parti à la renverse, pour aller atterrir dans le rideau qui s'est effondré avec moi. La stéréo aussi avait heurté le sol. Mon oncle s'est mis à hurler pour couvrir les cris de la télé.

– N'essaie pas de jouer les durs avec moi, petit crétin. Y a une chose que tu vas devoir te mettre dans la tête, une bonne fois : c'est qu'ici, l'homme c'est moi. T'as compris ? L'homme, ici, c'est moi !

Sentant venir le coup suivant, j'ai levé l'avant-bras, pour tenter de me protéger, mais Jairo l'a écarté d'un coup de pied. Il avait un avantage évident, et pas seulement parce qu'il était debout et moi à terre. Un second coup de pied m'a atteint à l'entrejambe. Je me suis recroquevillé comme une limace saupoudrée de sel. La douleur se propagea dans tout mon ventre, avant de remonter le long de mon dos. Je me tordais sur le sol, terrassé. Mon oncle avait beau être affaibli par sa maladie, quand il se mettait en pétard, je ne faisais pas le poids devant lui.

– Je plains ton père, d'avoir mis au monde un minus dans ton genre !

Il ponctuait chaque coup d'une série de jurons et d'insultes, et commençait même à injurier ma mère. Il évitait soigneusement de me frapper au visage mais je n'avais que deux mains et elles ne me suffisaient pas pour protéger le reste.

Mais quand il commença à me piétiner à coups de talon, je me souvins de l'arme, que je sentais contre mon flanc, nichée sous mon bras. Dans ma tête, une voix me hurla de dégainer et de le descendre, ce salaud – pas la peine d'attendre qu'il m'ait achevé à coups de pied… ! Et pas question de tirer ma révérence sans rien faire, comme le braqueur de chez Galàn. Moi, j'étais un guerrier. Et tout comme Alberto, je voulais assurer ma propre sécurité.

– Espèce de petite ordure… sale fils de pute… !

J'aurais été capable d'appuyer sur la détente, mais j'avais fait une promesse à Alberto. Je me suis donc dit et répété que ça n'était qu'une punition. Que jamais Jairo ne serait assez fou pour me battre à mort dans ma propre maison, ni pour me laisser une blessure trop voyante. J'ai tâché de me mettre en boule et de prendre mon mal en patience, en attendant qu'il se lasse.

– Bon Dieu de merde, la stéréo est foutue ! a-t-il enfin aboyé, d'une voix entrecoupée, en me balançant un dernier coup de pied. On ne vend vraiment plus que de la camelote, de nos jours !

Je l'ai entendu retourner à son fauteuil, où il s'est colleté un bon moment avec son inhalateur. A la télé, la bagarre ne donnait aucun signe d'essoufflement – le public s'y était mis, à présent. Je suis resté affalé par terre. La douleur du coup qu'il m'avait mis dans les *huevas* m'avait atrocement crispé l'estomac. Mon ventre était dur comme de la pierre et je craignais que mes côtes ne tombent en miettes, si je cessais de les maintenir avec mes deux bras croisés. Tout ce que je pouvais faire, c'était tenter de reprendre mon souffle, comme Jairo. Sous ma joue, le rideau était trempé de larmes.

– Je regrette d'en être arrivé là, me dit-il un instant plus tard, juste avant d'être pris d'une nouvelle quinte de toux. T'as intérêt à faire preuve d'un peu plus de respect, à l'avenir. Tu n'as que douze ans, nom d'un chien ! Un gosse de ton âge, ça doit obéir. C'est pas parce que t'es un petit futé, que tu dois te prendre pour le nombril du monde, pigé ? Ta mère pense que t'as autant de jugeote qu'un homme adulte ; mais un adulte, ça ne l'ouvre pas à tort et à travers. Il faut apprendre à la boucler quand c'est nécessaire – sinon, t'auras même pas le temps d'arriver à l'âge adulte !

Quand je fus à peu près sûr d'être hors de danger, je me suis dépêtré du rideau et, à quatre pattes, j'ai regagné mon lit. Je serais incapable de dire si j'ai dormi tout de suite, ou si ça m'a pris des heures. Tout ce que j'entendais à présent, c'était les voix de la télé, qui continuaient à s'engueuler. Mon oncle avait à nouveau monté le volume.

Le lendemain matin, je fus réveillé par d'autres voix : celle d'Alberto et de mon oncle, qui discutaient à la porte. Paupières closes, j'ai tendu l'oreille. Jairo se forçait à chuchoter et avait l'air embêté parce qu'Alberto ne suivait pas son exemple.

– Sonny a passé une mauvaise nuit. Il a besoin de dormir encore, disait mon oncle. Il descendra te voir dès qu'il se réveillera.

– S'il vous plaît... insista Alberto. Faut vraiment que je lui parle. C'est urgent... !

– Arrête de faire tout ce raffut, siffla mon oncle. Tu vas réveiller sa mère et là, fais gaffe à tes fesses ! Allez, assez de bêtises. Retourne chez toi.

J'aurais voulu sortir de mon lit, mais tout mon corps protestait. L'effort que je fis pour m'asseoir me coûta une décharge de douleur qui me broya la poitrine. Tandis que le souvenir des événements de la veille me revenait en mémoire, j'entendis Alberto protester avec un claquement de langue, avant de déclarer à mon oncle qu'il m'attendrait. Lorsque je parvins enfin à m'extraire de mon lit, je trouvai Jairo à la table de la cuisine, devant la stéréo. Tout un côté du boîtier de plastique était en miettes. Mon oncle s'évertuait à le faire tenir avec un gros adhésif d'emballage.

– Ton petit ami est passé te voir, ronchonna-t-il, sans daigner me jeter un regard.

– C'est pas mon « petit ami » s'il te plaît, oncle Jairo.

– Appelle ça comme tu veux.

Trop mal en point pour entamer une nouvelle bagarre, je me suis enveloppé de mes deux bras, en me retournant pour chercher ma mère des yeux. Leur chambre était de l'autre côté du rideau, mais à ma grande surprise, le lit était vide.

– T'as dit à Alberto qu'elle dormait…

– Ah ouais ? J'ai peut-être dit ça… fit Jairo en rigolant dans sa barbe. Alberto peut penser ce qu'il veut de moi, mais ta mère, je suis sûr qu'il la respecte.

– Où elle est ?

– Partie.

Comme il levait les yeux vers moi, ma tête dut lui inspirer un sursaut de surprise, qu'il réprima aussitôt, pour revenir à sa tâche.

– Si tu allais te remettre au lit, Sonny ? Va te reposer encore un peu.

– A quelle heure elle est rentrée ?

– Ne t'inquiète pas. Elle sera là d'un moment à l'autre.

– Oncle Jairo...

– Ça suffit !

Sa main s'abattit sur la table, en me faisant sauter en l'air, tout comme la stéréo.

– Pourquoi tu te sens toujours obligé de mettre ma parole en doute, hein ? Elle a dû aller à l'église, prier pour son minable de fils.

– A l'église ? Ça m'étonnerait.

– Très bien. Tu veux la vérité ? Elle n'est pas rentrée de la nuit – à croire qu'elle l'aime un peu trop, son boulot... Et maintenant, hors de ma vue ! Parce qu'aujourd'hui, je suis d'humeur à tout casser. Et quand ta mère rentrera, ma parole qu'elle va s'en prendre une bonne, elle aussi.

Une chance que ce soit Alberto et non Beatriz qui soit venu m'ouvrir, quand j'ai frappé à sa porte. J'avais remis les mêmes vêtements que la veille. Le flingue était toujours à sa place dans son holster mais, en fait, je me demandais si je serais capable de le sortir de là. La veille au soir, j'étais trop groggy, ne fût-ce que pour essayer – et ce matin, la douleur qui me cisaillait les côtes m'empêchait d'atteindre la boucle.

– Sonny ! fit-il d'un ton enjoué, et il s'effaça pour me laisser entrer. Ton oncle a dit que tu avais mal dormi. Tu as été malade ? A voir ta tête, on croirait que tu as dégobillé.

– Non. Rien de ce style.

Il referma la porte derrière moi. Je fis la grimace lorsqu'il me donna une tape dans le dos.

– Ben alors, qu'est-ce qui t'est arrivé ?

– J'ai dû avoir un peu de mal à m'endormir.

– J'te l'avais bien dit.

Il m'invita à m'asseoir à leur table et s'installa en face de moi.

– C'est vrai, vieux. Ce flingue, c'est un truc à passer toute la nuit sans fermer l'œil, à surveiller le plafond. Mais c'est vraiment sympa de ta part de l'avoir gardé. Moi, j'ai dormi comme un bébé. Et j'ai fait de ces rêves... supergéniaux !

Voyant que je ne rigolais pas avec lui, il préféra changer de sujet.

– Tu veux du café ? me demanda-t-il. Tout le monde est sorti, ce matin. Je me disais qu'on aurait pu écouter des CD sur la stéréo ou regarder des dessins animés.

– Bien sûr, répondis-je en luttant contre une soudaine envie de pleurer.

Je m'évertuais à esquiver son regard, mais il attendait que je me décide à lever les yeux vers lui. Quand je me suis enfin résolu à le faire, il a marmonné un juron.

– Le flingue. Tu l'as toujours ?

– Bien sûr.

J'ai tapoté le holster d'un geste rassurant.

– Arrête de me mater comme ça, Alberto. Tout va bien.

Il cligna des yeux et recula sa chaise.

– Bon. Je te remercie de t'en être occupé. Si jamais t'as besoin d'un coup de main, tu sais où me trouver...

Il allongea la main vers moi pour m'inviter à lui rendre l'arme. Je me mordis la lèvre, en tentant d'atteindre la boucle du holster.

– Attends, je vais t'aider...

Avant même que j'aie eu le temps de l'en empêcher, il s'était levé et avait soulevé ma chemise pour desserrer la boucle.

– Sainte mère de Dieu ! Qu'est-ce qui t'est arrivé ?

– Rien, dis-je en tâchant de m'esquiver, mais il tenait bon.

– Sonny ! Tu es couvert de bleus ! C'est Jairo ?

– Non !

– Évidemment que c'est lui, pas la peine de mentir !

– Je peux très bien me débrouiller tout seul, ai-je fait d'une voix gémissante, quand il a pris le pistolet dans le holster. *De grâce*, Alberto !

Je tentai de l'attraper par le bras, mais il parvint à se dégager et sortit en trombe de l'appartement. Il n'avait même pas besoin de me dire où il allait. Je fus pris d'une soudaine bouffée de panique. A présent, Alberto avait récupéré son flingue et moi, il ne me restait plus rien. Pas même ma fierté.

– Vas-y, ouvre !

Alberto s'était planté devant la porte et là, bizarrement calme, il attendait que je le fasse entrer. Je ne l'avais rattrapé qu'à grand-peine dans l'escalier et à présent, en un sens, c'était comme si j'étais à ses ordres. La clé eut à peine le temps de tourner dans la serrure que mon ami se rua chez moi, si brusquement que la porte alla claquer contre le mur.

– Qu'est-ce qui se passe ici, nom d'un chien ! dit Jairo.

Il n'avait pas quitté sa place, à la table. Il se leva, non pas pour affronter Alberto mais pour battre en retraite. Le rideau était resté par terre, là où il était tombé, ce qui faisait que mon oncle avait vu arriver Alberto, l'arme au poing.

– Bon Dieu de merde ! – il ôta ses lunettes, comme si elles s'étaient tout à coup couvertes de buée. Dites-moi que c'est pas vrai !

– Assis !

Ignorant l'injonction d'Alberto et effrayé par l'apparition de cette locomotive qui fonçait droit sur lui, Jairo attrapa le rouleau d'adhésif et le balança vers Alberto. Il le reçut en pleine figure, mais ce fut mon oncle qui se ratatina dans un coin, comme si c'était sur lui qu'il était tombé.

– On va discuter de tout ça, comme des gens raisonnables... Pose ce flingue, mon garçon. S'il te plaît !

– Ah ouais, tu rigoles moins ! T'es redevenu poli, vieux minable !

Mon oncle s'était réfugié dans le coin près de la fenêtre, et explorait le mur à tâtons derrière lui, comme s'il espérait y trouver une brèche ou un trou de souris où il aurait pu disparaître. Si l'intention d'Alberto avait été de lui filer des sueurs froides, son but était amplement atteint.

– Sonny, je t'en supplie... gémit mon oncle, espérant m'attendrir. Je suis désolé pour hier soir – sincèrement, fiston ! J'étais un peu soûl. Jamais je ne me le pardonnerai ; mais, je t'en prie, fais quelque chose. Ne le laisse pas en venir là. Je t'en supplie...

Et une fois de plus, ses poumons se rappelèrent à son bon souvenir. Il fut pris d'une quinte de toux qui le tétanisa, dans un grand sanglot. S'approchant, Alberto lui mit la main sur l'épaule.

– Du calme ! ordonna-t-il et d'un geste vif, il lui glissa le canon de l'arme dans la bouche.

Mon oncle s'arrêta aussitôt de tousser, et se remit à gémir de plus belle.

– Relax, Jairo. Tu m'entends ? Arrête de chialer. Essaie de te tenir un peu.

– Toi aussi, faut que tu te calmes, Alberto !

Je tentais de l'entraîner vers la porte, mais rien n'y faisait. Désormais, plus rien ne l'arrêterait.

– Vas-y, suce ! lui suggéra-t-il à mi-voix, comme s'il lui conseillait un remède. Voilà... c'est ça. Je vois qu'on s'est compris, tous les deux.

Je me tenais en arrière, près du rideau tombé, effrayé à la pensée de m'effondrer à nouveau. Jairo me regardait, les yeux écarquillés. Il se laissa choir mollement, s'affaissant vers le sol. En fait, c'était plutôt Alberto qui le forçait à descendre, en appuyant sur le canon, jusqu'à ce qu'il l'oblige à se coucher par terre. Puis il releva le chien de l'arme et lui dit :

– Tu dois te demander si je suis capable de m'en servir, hein ?

– Seigneur, non ! m'écriai-je, en secouant la tête. Arrête, Alberto ! Arrête !

– Eh bien, je vais te dire... poursuivit-il. Au début, j'en doutais moi-même. Mais ils m'ont bien aidé. Pour mon premier contrat, ils m'ont même facilité la tâche. Le type que je devais descendre était attaché à une espèce de grillage, couvert de bleus et de sang, bras et jambes écartelés, comme un poulet. Tu sais ce qu'ils lui ont fait, Jairo... ?

Il marqua une pause et, de sa main libre, se passa le pouce en travers de la gorge.

– Ils l'ont égorgé, mon pote. D'une oreille à l'autre. Devant moi. J'ai tout vu. Et là, j'ai estimé que je n'avais pas le choix. Surtout quand ils lui ont passé la langue à travers l'entaille, en la laissant pendre comme une cravate. J'aurais même pas imaginé qu'on puisse avoir l'idée de faire un truc pareil. Alors, quand j'ai vu ce mec se noyer dans son sang – chaque fois qu'il essayait de pousser un cri, il n'en sortait qu'une espèce de gargouillis... et enfin, ils m'ont dit de le descendre.

C'était la voix d'Alberto qui avait prononcé ces mots. Mon meilleur ami, mon copain de toujours. A la façon dont il l'avait raconté, l'idée me vint que c'était la première fois qu'il trouvait les mots pour le dire. J'avais l'impression d'entendre une insupportable confession, quelque chose de trop horrible pour être révélé, fût-ce à un prêtre.

Alberto me regarda par-dessus son épaule.

– Faut que tu comprennes une chose, Sonny. Je ne voulais pas le tuer, ce pauvre type. Pas plus lui que quiconque. Mais vu la façon dont ils l'avaient arrangé, c'était la seule chose à faire. Il serait mort de toute façon, dans la souffrance et l'humiliation, devant tous ces gens qui rigolaient.

– Alberto, pour l'amour de Dieu !

Je lui tendis les mains, paumes ouvertes ; je pensais, moi, à la scène d'horreur plus tangible que j'avais sous les yeux.

– Enlève-lui ce pistolet de la bouche...

Le regard d'Alberto revint vers Jairo. Il lui fallut une seconde pour se souvenir de ce que faisait là mon oncle, affalé par terre, tétant le canon de son flingue. Alberto poussa un soupir, puis il inclina la tête de côté et dit:

– En vrai, je n'ai fait qu'abréger ses souffrances. C'était la seule chose à faire, tu ne trouves pas?

Cette fois, il voulait être rassuré, il quémandait notre approbation. Sa voix était montée dans l'aigu, tendue à craquer. Jairo n'avait pas bougé d'un cheveu. Ses yeux restaient rivés à Alberto. Son visage se tordait en un masque d'horreur, autour du pistolet.

– Oui, tu n'as fait que ce que tu avais à faire... ai-je fini par lui dire en m'efforçant de tenir bon, tout en lui disant ce que je supposais qu'il voulait entendre.

J'avais la bouche plus sèche qu'un vieil os, et je dus m'humecter les lèvres avant d'allonger la main pour lui toucher le coude.

– ... Mais là, ça n'a rien à voir. Personne ne te demande de le faire.

Alberto m'avait entendu, mais son regard restait posé sur mon oncle. Je tentai de l'écarter de Jairo, en le tirant doucement en arrière. Mais cette fois, je compris que j'avais eu tort, car il se débarrassa de moi d'un haussement d'épaules et je vis son index s'appesantir sur la détente. Jairo se mit à gémir, ne respirant plus que par grands spasmes, comme si ses poumons s'étaient soudain ratatinés dans sa poitrine, incapables de retenir l'air.

– Maintenant, poursuivit Alberto, chaque fois qu'on me demande de tuer quelqu'un, il me suffit de revoir cette première fois. Je me fiche de savoir ce que le type a pu faire pour mériter la mort. Ça n'est pas mes oignons. Tout ce que je sais, c'est qu'en un sens, en abrégeant sa chienne de vie, je lui rends service...

Enfin, sans crier gare, Alberto ôta le canon de la bouche de mon oncle et s'essuya le front de son avant-bras.

– Et tant que je fais le boulot proprement, mon contrat est rempli, conclut-il.

Mon oncle tenta de parler, de lui dire merci, mais il suffoquait, aspirant l'air par grands hoquets. Alberto le regarda un moment, puis il me rejoignit. De sa main droite, celle qui tenait l'arme, il me donna une tape dans le dos, et je sentis le contact froid du canon, entre mes omoplates.

– Et toi, Jairo, t'avise plus de cogner sur ton neveu, pigé ?

C'était à présent moi que Jairo regardait, mais je ne pouvais soutenir son regard.

– Tirons-nous d'ici, Alberto !

Pour la première fois de la matinée, il suivit mon conseil. Je détournai la tête tandis que mon ami franchissait le seuil. Moi aussi, j'avais un mal fou à reprendre mon souffle, même si je n'avais qu'à peine bougé, mais ça n'était rien à côté de mon oncle. Comme je faisais demi-tour en direction de la porte, je l'entendis marmonner :

– Quels petits cons, ces gamins !

C'est alors que, pivotant prestement, Alberto fit feu.

Ce fut aussi soudain qu'un éclair. Aucun délai de réflexion. Pas l'ombre d'une mise en garde ou d'un avertissement. Il avait fait volte-face, derrière moi et avait tiré par-dessus mon épaule.

Le recul de l'arme me ramena brutalement à la réalité. Le coup de feu avait fait un boucan de tous les diables. Ça me vibra dans les oreilles si longtemps que le cri qui s'éleva juste après me parut assourdi, comme s'il provenait d'une autre pièce. Me retournant, je vis que mon oncle s'était recroquevillé, les deux mains agrippées à son pied gauche. Du sang lui coulait entre les doigts. Son visage reflétait un saisissement mêlé de surprise.

– Tu m'as tiré dessus ! hurlait-il, comme si nous n'avions pas des yeux pour voir. Putain ! Tu m'as vraiment tiré dessus... !

– La prochaine fois, je viserai plus haut ! lui cria Alberto d'une voix à nouveau tendue à craquer. Pour toi, on n'est peut-être que des gamins, Jairo ; mais ce qui compte, c'est qu'on a le flingue ! Maintenant, c'est moi qui décide. Mais en toute honnêteté, tu ne mérites ni de vivre ni de mourir. Le seul truc que tu devrais faire, c'est d'être cool avec Sonny et sa mère, pour les remercier de t'avoir recueilli. A ta place, j'essaierais de me faire oublier.

Alberto me regarda en esquissant un haussement d'épaules, comme si tout cela échappait désormais à son contrôle, et déclara qu'il était grand temps pour lui d'y aller. J'avais l'impression d'avoir toujours une mesure de retard sur lui, sur tous les plans. Je restais sonné, n'arrivant toujours pas à me faire à cette idée: il avait pointé une arme sur mon oncle! Qu'il ait finalement appuyé sur la détente me semblait relever de l'inconcevable. Dans cette ville où les coups de feu étaient presque aussi courants que les coups de klaxon, j'avais déjà vu des corps dans la rue, isolés par les banderoles de la police. Mais c'était la première fois que quelqu'un se prenait une balle sous mes yeux. Je ne m'étais jamais trouvé aussi près du feu de l'action. J'en restais médusé.

– Et la balle? fis-je dans un hoquet – je n'avais pas oublié ce que m'avait dit Alberto. S'ils les comptent...!

Alberto regarda son arme et partit d'un grand éclat de rire. Ce fut aussi saisissant que le coup lui-même, comme si une sorte de démon s'était momentanément emparé de lui. Je me demandais ce qui avait bien pu lui passer par la tête, quand il avait fait feu, ou même s'il avait pris le temps de réfléchir. Se tournant à nouveau vers moi, il me dit de ne pas m'en faire.

– En voilà au moins une qui ne sera pas une balle perdue, Sonny ! Maintenant, t'as plus qu'à l'emmener à l'hôpital. Il n'aura qu'à dire qu'il s'est fait ça lui-même, en rigolant avec un copain.

Il s'interrompit et lorgna du côté de Jairo, comme pour lui dire de la boucler, puis il hocha la tête.

– Vas-y. Raconte un peu comment ça t'est arrivé. Qu'est-ce que tu vas leur dire, aux toubibs et aux infirmières ?

Mon oncle nous regarda, le visage ruisselant de sueur, les yeux réduits à deux fentes par la souffrance.

– Je… je ne peux pas dire… ce que tu demandes…

– Articule ! insista Alberto, d'un air goguenard. Tu bafouilles, là !

– Je me suis tiré une balle dans le pied… gémit Jairo. Je me suis blessé moi-même. Ça ira comme ça ?

Alberto s'accroupit, le flingue à la main et me demanda le holster. Il semblait agité à présent, impatient de quitter non seulement cet appartement, mais aussi lui-même, sa propre peau. Ça m'a fait un mal de chien, mais je suis parvenu à défaire la boucle du holster sans l'aide de personne. En fait, je n'étais pas mécontent de m'en débarrasser.

– On se verra un peu plus tard, frangin, fit Alberto en le récupérant. Tu crois que tu t'en sortiras, avec lui ? ajouta-t-il, avec un coup de menton en direction de mon oncle.

Il attendit ma réponse en me jaugeant du regard. Je fis « oui » de la tête, en serrant les mâchoires pour ne pas claquer des dents. J'entendais les sanglots de mon oncle derrière moi, et je ne désirais plus qu'une chose : qu'Alberto s'en aille. Je l'aimais comme un frère, mais je le voyais à présent sous un tout autre jour. J'avais besoin d'espace et de temps, pour digérer tout ça. Il a fini par mettre le cap sur la porte ; mais, la main sur la poignée, il a paru hésiter et a fouillé dans sa poche arrière.

– Je pensais à un truc, Sonny. Ça serait peut-être pas mal, que tu prennes mon ticket pour le match, comme tu l'avais fait pour le flingue…

Il a jeté un coup d'œil du côté de mon oncle, pour s'assurer que nous étions hors de portée de ses oreilles.

– Ça me fera un souci de moins.

9

Aux urgences de l'hôpital San Vicente de Paul, on se croirait dans une vraie maison de fous. On y voit affluer des gens venus de tous les *barrios*, y compris des malfrats et des gangsters. Tandis que je cherchais une place pour mon oncle, je m'attendais à voir une bagarre rangée éclater d'un moment à l'autre. Je ne comprenais vraiment pas ce qui pouvait les retenir de s'entr'égorger, sauf peut-être le besoin où ils étaient de se faire rafistoler. Et puis je me suis dit que c'était peut-être Jairo qui avait raison, et qu'il valait parfois mieux raser les murs, en évitant de poser trop de questions.

Heureusement, mon oncle n'a pas eu à attendre bien longtemps. On l'a fait passer en priorité, sans doute à cause de ses problèmes respiratoires, et personne ne lui a demandé d'explications sur *l'égratignure* qu'il s'était faite au pied.

– Une *égratignure* ! ? a-t-il protesté avec véhémence. C'est quand même une blessure par balle, il me semble !

Après la consultation du médecin, il nous a fallu patienter à la réception. Une infirmière devait venir nous appeler, pour le pansement. L'oncle Jairo était toujours d'humeur massacrante, quand je l'ai aidé à s'installer sur l'un des bancs du fond, mais au moins on n'a pas eu le temps de s'ennuyer : autour de nous, la salle était un constant tourbillon de bruit, de sang et d'émotions.

Mon oncle n'eut pas un mot de gratitude ni de remerciement pour quiconque, sauf pour l'interne qui vint lui apporter des cachets contre la douleur. Il passa le plus clair de son temps à marmonner entre ses dents – sauf une fois, où j'ai entendu ses grommellements faire place à quelques sanglots. Les regards se sont tournés vers nous et je me suis senti un peu embarrassé, mais en fait je compatissais à ses malheurs. A entendre sa respiration laborieuse entrecoupée de hoquets, j'avais l'impression que tout ça l'affectait bien plus profondément que le coup de feu lui-même. J'ai passé mon bras autour de ses épaules pour le réconforter, mais il a eu un mouvement de recul.

– Arrête ça ! C'est bon pour les pédés, a-t-il craché, soudain requinqué, en s'essuyant la joue d'un revers de manche. Tu ne trouves pas que tu en as assez fait pour aujourd'hui ?

Évidemment, je n'étais pas très fier de moi, mais au moins mes propres douleurs se calmèrent, lorsque Jairo me donna un des cachets d'antalgique qu'on lui avait laissés. Il était peut-être en rogne contre moi, mais au fond il devait aussi se sentir coupable, quoique pour d'autres raisons. Le cachet m'avait complètement assommé, mais l'idée ne me serait pas venue de m'en plaindre. Ça nous a plutôt aidés à prendre notre mal en patience, assis contre ce mur, en regardant aller et venir les gens autour de nous. Au cours de l'heure et demie qu'on a passée là, on a vu défiler un certain nombre de blessés : des victimes de ce qui avait dû être des accidents ou des braquages, des bagarres à coups de poing ou de couteau, sans oublier quelques blessures par balles qui semblaient nettement plus graves que la nôtre. Quelques-uns arrivaient sur pied, mais la plupart était sur des chariots ou des brancards, le visage disparaissant sous des masques à oxygène, les bras raccordés à des flopées de tubes.

Quand une infirmière vint enfin chercher mon oncle, je m'attendais à ce qu'il l'envoie sur les roses, pour nous avoir fait poireauter. Mais non, il accepta ses excuses sans élever la moindre objection, comme si le temps que nous venions de passer sur ce banc lui avait ouvert les yeux sur deux ou trois choses. Je me suis levé pour l'accompagner, mais il m'a demandé de rester là et de l'attendre. L'infirmière l'a fait asseoir dans un fauteuil roulant et il m'a adressé un petit signe de tête, tandis qu'elle l'emmenait vers la salle de soins, en se frayant un chemin dans la cohue des couloirs. Il devait se sentir soulagé d'être enfin en bonnes mains. J'aurais bien aimé pouvoir en dire autant.

Je me suis retrouvé tout seul au milieu de la foule des malades et des blessés, et là, toutes mes angoisses me sont revenues d'un coup. La bagarre couvait. Cette trêve ne pouvait être que passagère... Je m'efforçais de chasser mes idées noires mais je repérais, çà et là, trop de types à l'air louche, qui devaient être armés jusqu'aux dents sous leurs vestes. C'était comme si Alberto avait ôté le cran de sûreté de ma propre vie. A présent, je sentais le danger partout. Avoir vu mon propre copain brandir une arme, ça avait déjà été un sacré choc. Qu'il ait pu faire feu, c'en avait été un autre. Mon cœur avait arrêté de battre à l'instant où cette balle m'avait sifflé à l'oreille et, quand la vie avait repris son cours, tout avait irrémédiablement changé. Tout. Pour moi, ce pistolet avait cessé d'être un jouet qui faisait l'admiration des gens, pour devenir un outil capable de provoquer les événements. Jusque-là, les journées qu'Alberto passait sans moi, de son côté, c'étaient des trous, des parenthèses vides ; mais à présent, je commençais à combler les brèches avec des histoire telles que celles qu'il nous avait racontées. J'aurais pu le soupçonner d'avoir tout inventé pour effrayer mon oncle, mais son air calme et détaché, le sang-froid avec lequel il lui avait tiré dans le pied, tout me portait à croire qu'au contraire Alberto était parfaitement maître de lui. En me repassant mentalement la scène, j'en avais déduit qu'il savait parfaitement ce qu'il allait faire, avant même que je n'aie tourné la clé dans la serrure – et c'est bien ce qui me faisait peur.

J'aurais aimé avoir une arme, moi aussi. J'enviais le pouvoir et l'assurance que cela lui donnait. Je ne regrettais pas de ne pas avoir dégainé, la veille au soir ; tout en encaissant les coups de mon oncle, j'avais tenu la promesse que j'avais faite à Alberto. Mais si ça avait été mon propre flingue, mon oncle n'aurait pas été ici. Il n'aurait pas passé la matinée aux urgences, à se faire dorloter, mais sur une table de la morgue.

La tête appuyée contre le mur, j'attendais en rongeant mon frein. Chaque fois que je croisais un regard, ça me faisait broyer du noir. Je me suis absorbé un moment dans la contemplation morose du ventilateur qui tournoyait au plafond, fendant l'air si paresseusement qu'un film de poussière avait eu le temps de se déposer sur ses pales. Au bout d'un certain temps, l'envie me prit de sortir un moment pour m'aérer un peu. Je ne détestais pas l'odeur des antiseptiques ou des détergents – en fait, ça sentait plutôt bon. Une odeur forte et nette. Mais l'agitation ambiante commençait à me peser. Pas le brouhaha des conversations et des disputes, des alarmes et des bips. Non, le pire, c'était d'épouvantables cris qui provenaient d'un des couloirs.

C'était une voix de femme – ça, j'en étais sûr, mais qu'est-ce qui la faisait hurler ainsi ? Je n'avais aucun moyen de le savoir. Au début, ça n'était qu'un bruit dans le vacarme général, mais au bout d'une demi-heure, ses cris se sont faits plus forts, plus insistants et plus chargés de terreur. L'espace d'une seconde, comme la porte s'ouvrait, tous les gens autour de moi avaient clairement entendu qu'elle implorait les infirmières de mettre fin à son supplice. Mes voisins s'étaient tortillés sur leur siège ou avaient détourné le regard, en se grattant le cou comme s'ils n'avaient rien entendu, mais maintenant je me fichais bien d'attirer l'attention... Je n'ai pas pu m'empêcher de quitter mon banc pour aller voir ça de plus près. Et en passant devant la chambre, j'ai vu un type vêtu d'une blouse bleu pâle, qui avait l'air d'être sorti pour souffler un peu. Il tâchait de ne pas gêner les allées et venues des médecins et des infirmières qui poussaient les chariots, mais ne savait pas au juste de quel côté aller. Il semblait porter des vêtements ordinaires sous sa blouse, comme s'il était accouru d'urgence à l'hôpital, sans prendre le temps de se changer. Bof...! Un jeune papa, sans doute. Tous les éléments du puzzle semblaient s'emboîter et je m'en suis voulu d'avoir si vite envisagé le pire.

Je suis retourné m'asseoir sur mon banc.

Un garçon qui n'avait même pas mon âge venait d'arriver au comptoir de la réception. Une infirmière s'occupait de lui. Souriante, elle s'est accroupie pour pouvoir lui parler à sa hauteur. Le garçon semblait avoir du mal à comprendre ce qu'elle lui expliquait, elle a fini par le prendre par la main et lui a fait traverser la salle, comme si tout allait s'éclaircir dans cet autre endroit où elle l'emmenait. A cet instant, j'ai remarqué que les cris s'étaient tus. La rumeur de l'hôpital s'élevait toujours, sans discontinuer, mais plus aucune voix ne surnageait, dans le brouhaha. Comme je regardais du côté du couloir, j'ai vu que l'infirmière avait rejoint l'inconnu à la blouse bleue. Lorsqu'il se retourna, le petit garçon lâcha la main de l'infirmière pour se précipiter dans ses bras. Pour autant que je puisse en juger de ma place, l'homme et l'enfant semblaient en larmes. L'infirmière restait un peu à l'écart. Je n'ai jamais eu le fin mot de l'histoire parce qu'au même instant mon oncle est revenu, le pied bandé, en s'aidant d'une béquille. Il n'avait plus besoin de mon aide pour marcher.

– Fichons le camp d'ici... ! a-t-il grommelé, en me fusillant du regard, comme si tout était de ma faute.

Malgré tout, je n'étais que trop heureux de rentrer à la maison, même en sa compagnie.

Comme nous quittions l'hôpital, je songeais que la naissance et la mort pouvaient se ressembler comme deux sœurs. Le type du couloir venait peut-être d'avoir un bébé, mais son fils venait peut-être de perdre sa mère, sa sœur ou son frère. Quoi qu'il en soit, on venait au monde tout comme on s'en allait : en hurlant et en agitant bras et jambes, sans que personne nous ait demandé notre avis. Et je songeais aussi que, quelle que fût l'issue du drame qui s'était déroulé dans la chambre, ce type avait dû sortir dans le couloir au moment le plus critique. Comment le lui reprocher ? Même pour moi qui n'y assistais que de loin, la tension avait franchi le seuil du tolérable. A présent que j'avais eu un petit aperçu des épreuves qui nous attendaient, au début comme à la fin de la vie, je fis le vœu de profiter au maximum de la mienne, tout comme le faisait Alberto...

Lorsque nous avons réussi à retrouver le chemin de la sortie, je n'avais donc qu'une envie : prendre le large le plus vite possible et retrouver le monde normal, pour enfin montrer de quoi j'étais capable.

. 10

Ce matin-là, Alberto était allé se faire tatouer. C'était même ce qui l'avait obligé à filer si vite, m'a-t-il expliqué en venant me rejoindre dans le parc en fin d'après-midi, du côté des balançoires rouillées. J'y avais passé une bonne partie de la journée, histoire de ne pas traîner dans les jambes de ma mère, après le savon qu'elle nous avait passé, à mon oncle et à moi...

« Un accident ! Tu t'es tiré dans le pied par accident ! s'était-elle exclamée. Pour ça, il faudrait déjà que tu aies une arme ! Mais fais-moi confiance, Jairo, si jamais je trouve un flingue dans cette maison, je m'en servirai la première, pour te descendre ! »

Mon oncle avait laissé passer l'orage sans protester et, bizarrement, son calme m'inspira un certain respect. On avait affronté tellement de choses ensemble ce matin-là – et voilà qu'à présent on partageait ce secret. Enfin bref, pour ne pas aggraver le cas de mon oncle, j'ai préféré les laisser se disputer en tête-à-tête. Mais dehors, c'était déjà la fournaise et quand je suis monté sur le toit, le soleil a eu vite fait de m'en chasser. En fait, le « parc » n'était qu'une sorte de terrain vague, une large brèche irrégulière, entre deux blocs du *barrio*. Comme pas mal de garçons du quartier, j'y trouvais refuge quand le soleil se mettait à cogner trop fort et que l'air devenait irrespirable, même à l'ombre. Sur la façade arrière des immeubles, les couches de tags successives retraçaient la guérilla des différents gangs qui avaient tenté de s'approprier l'endroit, mais c'était loin d'être fini ; il y avait toujours quelques bagarres en cours ou prévues. Récemment, on avait vu apparaître quelques abris de fortune en lisière du terrain et je savais qu'avant longtemps notre « parc » serait envahi par les bidonvilles. Mais un tel espace, ça restait une sacrée aubaine en pleine ville, malgré le collecteur d'eaux pluviales qui longeait le terrain sur tout un côté et s'était transformé, au fil des années, en un véritable égout à ciel ouvert. Entre ses rives abruptes se creusait un grand fossé où il valait mieux ne pas tomber, quand on était un chien. Il suffisait de sonder la boue du fond avec un bâton pour dénicher toutes sortes de masses inertes en décomposition. Ce grand caniveau avait au moins l'avantage de nous servir de ligne de touche pour les matchs de foot, même si la plupart des joueurs se défilaient quand c'était leur tour d'aller repêcher la balle...

A mon arrivée, la partie était déjà commencée, mais comme mes bleus et mes bosses commençaient à se rappeler à mon bon souvenir, j'ai préféré aller me poser sur une balançoire, de l'autre côté du fossé, pour suivre le match. Elles avaient toujours été là, ces balançoires, avant même ma naissance. Ceux qui avaient décidé de les faire installer avaient dû se dire que nous encaisserions plus facilement tout le reste, si on nous offrait la possibilité de nous échapper quelque temps de l'univers des adultes. A proximité du caniveau, la puanteur était telle que le vent lui-même refusait de s'en imprégner pour l'emporter au loin. Le seul moyen de survivre dans le secteur, c'était de respirer par la bouche, ce qui explique peut-être la tête que j'ai dû faire quand Alberto m'a montré le dessin qui avait envahi la quasi-totalité de son dos.

– Vas-y, Sonny... Je vais bien devoir me fier à ton avis. Même dans la glace, j'arrive pas à les voir en entier...

– Et moi, j'arrive pas à en croire mes yeux! ai-je rétorqué, estomaqué pour la seconde fois de la journée. Qui est-ce qui t'a fait ça?

– Tu crois peut-être qu'on me l'a fait contre mon gré ! C'est un honneur, mon pote ! Quand je suis allé m'expliquer, pour la balle manquante, le patron a dit que j'étais réglo et qu'il appréciait la franchise. J'avais peur de me faire engueuler, même si ton oncle méritait une bonne leçon, vu ce qu'il t'avait fait. Mais tu sais quoi ? Le chef a écouté mes explications jusqu'au bout, et après ça, il a dit à ses hommes que j'avais de l'avenir et que je deviendrais un type super. Et puis il m'a emmené chez le tatoueur. Il avait tout organisé. Il n'a pas arrêté de me féliciter des progrès que j'ai faits ces dernières semaines. Il est resté avec moi pendant toute la séance.

A l'entendre parler de son chef, on aurait cru que c'était son père qu'il venait de retrouver.

– Ça t'a fait mal ? lui ai-je demandé, doutant quant à moi de pouvoir survivre à une telle épreuve.

– Un mal de chien, a-t-il répondu d'une voix éraillée par l'excitation – son sourire s'était élargi. Mais je te jure que je n'ai pas pleuré. J'ai serré les dents, jusqu'à ce que le taxi me dépose devant chez moi – et là, j'ai juste dit au chauffeur que j'étais content.

– Et c'était pas du flan ?

– Sonny, fit-il, l'air froissé, tu ne sais vraiment pas ce que ça veut dire ?

Je poussais sur ma balançoire, toujours plongé dans mes réflexions.

– OK, fais-les voir encore une fois… ai-je fini par dire.

Alberto a fait glisser sa chemise de ses épaules et s'est retourné pour une seconde inspection. Là encore, je n'ai vu que ces deux grandes masses noires, dessinées sur son dos. Les lignes naissaient à la base de son cou, de part et d'autre de son épine dorsale, pour se déployer sur ses omoplates puis en direction de sa taille.

– Des ailes d'ange, fis-je, tout comme la première fois.

J'avais d'abord supposé que le dessin avait été fait au marqueur. A y regarder de plus près, je vis qu'il avait la peau à vif, comme après un coup de soleil particulièrement cuisant. Ça avait l'air horriblement douloureux, surtout à l'endroit où passait la sangle de son holster, mais mon ami semblait sourd à la douleur.

– La vache ! me suis-je écrié. Ça m'étonnerait que ta mère apprécie !

– C'est pour ça que je me suis offert cette chemise… a dit Alberto et, débordant d'orgueil, il s'est retourné vers moi en se reboutonnant. Comme ça, elle n'y verra que du feu, a-t-il rigolé avant d'ajouter un ton plus bas : A moins qu'un petit con n'aille le lui dire…

– Ne rêve pas, Alberto. Tu pourras peut-être le lui cacher, quoi… disons une semaine. Mais sûrement pas toute ta vie !

Je l'ai fixé droit dans les yeux de ma balançoire, en attendant une explication qui n'est jamais venue. Il n'a eu qu'un haussement d'épaules en guise de réponse.

Pour la première fois de notre vie, nous n'avions plus rien à nous dire. Alberto devait se sentir aussi embarrassé que moi, car son regard s'est porté, tout comme le mien, vers le terrain de foot, sur la rive d'en face. Je n'avais aucune envie de revenir sur ce qui s'était passé chez moi le matin même. Pour Alberto, le sujet semblait déjà clos et je ne voulais pas lui donner l'impression d'être encore sous le choc. Ce flingue, et à présent cette paire d'ailes avaient fait de mon ami un étranger. J'avais déjà vu ce genre de tatouage sur d'autres garçons qui traînaient dans le quartier – des ailes noires, comme les siennes, toujours dessinées dans la même position, comme prêtes à prendre leur envol. Je n'avais qu'une vague idée de ce qui se passait dans la vie d'Alberto, mais aucun mot sur terre n'aurait pu dire à quel point je l'enviais.

– Si on allait jouer au foot... ?

Il trépigna sur place, comme s'il avait eu des fourmis dans les jambes et qu'il lui tardait de se remettre en mouvement.

– Qu'est-ce que t'en dis, vieux ? Je me sens capable de m'envoler avec la balle, maintenant que j'ai des ailes dans le dos !

– Pas moi, ai-je répondu, en me tâtant les côtes. Dès que je bouge, ça me fait mal partout. Je crois que ça ira mieux demain, mais pour l'instant je préfère ne pas forcer. Je veux être en pleine forme pour le grand match, même si on n'y participe que du haut des gradins...

Alberto a dit que c'était vraiment dommage, puis il a fouillé un instant dans la poche de son jean.

– T'as toujours mon billet ? m'a-t-il demandé, et j'ai fait « oui » de la tête. Il avait sorti de sa poche un petit paquet argenté, genre tablettes de chewing-gum, replié sur les bords.

– Tu peux finir ça, si tu veux. Je te le laisse.

– Qu'est-ce que c'est ? lui ai-je demandé. Je sentais rouler sous mes doigts une sorte de poudre.

– Un truc qui va faire de toi un vrai brave ! m'a-t-il balancé pour toute réponse, avec un clin d'œil.

L'instant d'après, il fonçait à toutes jambes vers le terrain de foot, les bras écartés. Il a d'abord franchi le fossé, en s'égosillant en direction des joueurs. J'ai ouvert le paquet. Il contenait quelques pincées d'une poudre blanche, mouchetée. Si ça avait été de la cocaïne, Alberto l'aurait déjà revendue. Comme la plupart des gamins de Medellín, nous avions grandi dans la certitude que l'argent que rapportait cette poudre était meilleur à prendre que la poudre elle-même... De notre point de vue, c'était une drogue réservée aux gens qui ne savaient que faire de leur fric – et nous, nous ne le savions que trop bien. Sauf que je ne tenais pas trop à aller demander confirmation à Alberto. Il m'aurait ri au nez, en m'accusant de ne pas lui faire confiance.

Comme le vent s'était levé, j'ai incurvé le paquet, en prélevant quelques grains de poudre, du bout de l'index. Elle avait une consistance crayeuse et un goût amer. Ça pétillait un peu, sur la langue. Tout à coup, un cri m'a fait lever la tête. Alberto avait réussi à se frayer un chemin dans la mêlée. Il avait intercepté la balle et partait en dribblant, avec une telle assurance que je commençais à me demander si ses ailes toutes neuves n'y étaient pas pour quelque chose... Il semblait vraiment concentré, lorsqu'il envoya en direction des buts un long shoot que Superman lui-même n'aurait pu contrer. Dommage que, de mon côté, je n'aie pas eu la même présence d'esprit... car, en baissant les yeux, j'ai eu un sursaut. Le contenu de mon paquet s'était envolé.

. 11

J'ai à peine fermé l'œil cette nuit-là – et pas seulement à cause de mes multiples contusions, ou des mauvais souvenirs qu'elles m'évoquaient. Non, ce qui me faisait piaffer sur place, c'était la perspective de voir arriver à grands pas l'événement le plus important de ma vie. J'étais sur les charbons ardents. Je restais allongé sur mon lit, écoutant les commentaires des émissions de foot que Jairo regardait en quasi-permanence, jusqu'à une heure avancée de la nuit. Lui aussi était un fervent supporter du Nacional, mais pour rien au monde je ne lui aurais révélé que nous avions des tickets pour le match du samedi. Il me les aurait fauchés dès que j'aurais fermé l'œil. Je doutais qu'il ose à nouveau lever la main sur moi, à l'avenir. Voilà au moins un danger qu'Alberto avait définitivement écarté. Mon seul regret était de n'avoir pu régler mes comptes moi-même.

Maman soupçonnait bien qu'il s'était passé quelque chose entre Jairo et moi. Évidemment... D'habitude, elle n'était jamais à la maison lors de nos prises de bec. Les gifles ou les coups de poing, c'était une chose, mais un coup de feu, c'en était une autre. Les dommages potentiels n'étaient plus du même ordre. Cet après-midi-là, en revenant du parc, j'ai tout de suite senti qu'elle s'était disputée avec Jairo. Elle exigeait de comprendre comment une chose pareille avait pu se produire, là, sous son propre toit, avec une arme qu'il ne pouvait lui montrer. J'ai bien vu qu'elle avait les paupières rouges et gonflées sous son maquillage. Mon oncle, lui, paraissait beaucoup plus calme – sans doute grâce aux antalgiques dont il s'était bourré. Il ne quittait pas son fauteuil, son pied bandé trônant sur la table, comme si ce spectacle était censé nous inspirer de la compassion ou du respect... Maman m'a pourtant embrassé sur les deux joues avant de partir bosser, en m'assurant qu'elle serait toujours fière de moi, quoi qu'il arrive. Par-dessus son épaule, je voyais les yeux de Jairo, fixés sur moi. Elle m'a serré si fort dans ses bras, que j'ai craint une seconde d'éclater en sanglots, en lui racontant tout. Mais je n'ai pas desserré les dents et je crois que mon oncle a été impressionné par mon sang-froid.

Après le départ de maman, on n'a pratiquement

pas échangé deux mots. Je n'avais pas vraiment faim, mais j'ai fait frire des bananes plantains, pour faire la paix avec mon oncle. On les a mangées avec du riz froid, devant un vieux documentaire sur le Nacional. Certaines séquences montraient le stade plein à craquer, dans les années 1980. C'était une lutte acharnée entre les verts et les blancs. Des spectateurs avaient allumé des feux de Bengale qui aspergeaient les tribunes d'une cascade d'étincelles multicolores, tandis que la foule se trémoussait en chantant, manifestant à grands cris son enthousiasme pour la meilleure équipe du monde. Je rongeais mon frein...

– Regarde bien dans la foule, a dit Jairo en terminant sa bouchée – il avait pointé sa fourchette sur l'écran. Tu vas peut-être y voir ton père. Il ne loupait jamais un match.

Le vendredi matin, mes plaies et mes bosses n'étaient plus qu'un lointain souvenir. Plus qu'une nuit d'insomnie et nous y serions ! Piaffant de joie et d'impatience, je suis allé frapper à la porte d'Alberto. Il y avait peu de chances pour qu'il soit chez lui, mais j'aimais bien attendre, le cœur battant, le moment où Beatriz venait m'ouvrir. Même quand elle était pressée et qu'elle se préparait pour ses cours, elle trouvait toujours une minute à me consacrer.

« Pourquoi tu ne viens pas carrément habiter chez nous, Sonny ! Ces temps-ci, je te vois plus que mon frère ! »

A entendre sa voix, je me suis soudain souvenu du jour où je l'avais surprise après sa douche et je me suis absorbé dans la contemplation de mes chaussures. Ce matin-là, elle n'avait pas son sourire habituel. Elle avait l'air irritable et nerveuse. Je me sentais tout bête, planté là, sur le palier, n'osant même pas la regarder en face.

– Tu sais, je suis vraiment désolé pour tout ça... lui ai-je dit, sans raison particulière, parce que c'était la seule chose qui me venait à l'idée.

– Tu n'as pas à t'excuser, dit-elle – et puis elle garda le silence, jusqu'à ce qu'elle soit sûre d'avoir toute mon attention. Moi aussi, je m'en mords les doigts.

A présent, j'étais franchement inquiet. De la façon dont elle l'avait dit, ça ne pouvait être qu'une allusion à Alberto. Elle semblait avoir renoncé à me tirer les vers du nez au sujet de son frère, ces dernières semaines, et j'étais à deux doigts de penser qu'elle se laissait peu à peu apprivoiser. Je lui ai demandé si elle savait où il était allé – une question de pure forme car elle n'en avait sans doute pas la moindre idée ; puis, avec un petit sourire en coin, elle m'a demandé si j'étais sûr de pouvoir survivre un jour de plus sans Alberto. D'habitude, même si elle me resservait régulièrement les mêmes blagues, je prenais toujours ses taquineries du bon côté parce que je sentais bien qu'elle ne riait pas à mes dépens. Mais ce jour-là, je n'ai vu passer dans son regard aucun rayon de soleil – seulement de gros nuages plombés qui s'accumulaient en silence. Je n'ai pas pu me résoudre à lui demander des nouvelles d'Alberto, parce que j'ai eu comme l'impression que cette fois elle avait vu clair dans mon jeu.

– Euh... je crois que je ferais mieux de partir, parvins-je à articuler, en battant en retraite vers l'escalier.

– Sonny, tu te souviens de ta promesse ? Tu m'avais promis de me prévenir, que si tu venais à savoir quelque chose...

– *Adios*, Beatriz...

Je me détestais de me défiler ainsi, mais je ne pouvais tout de même pas trahir mon ami. Alberto était mon frère tout autant que le sien, même si ça m'obligeait à la planter là, toute désemparée, sur le seuil de sa porte. J'ai fait quelques pas en direction de l'escalier et comme je me retournais vers elle, j'ai vu des larmes briller dans ses yeux.

– Il a un pistolet, lâcha-t-elle.

– Quoi ?

– Oui, sous sa chemise.

Elle s'interrompit et, à grand-peine, tenta de déglutir, mais c'était trop tard. Son visage s'était décomposé et lorsqu'elle reprit la parole, ce fut d'une voix brisée.

– C'est mon petit frère, Sonny! Alberto n'est encore qu'un enfant...!

– Ne t'en fais pas pour lui, ça va aller... lui ai-je dit, dans un souffle – et je l'ai répété un ton au-dessus, pour m'assurer qu'elle avait bien entendu.

Ça me fendait le cœur de la voir ainsi s'évertuer à garder contenance. Je sentis ma propre gorge se serrer. Ma lèvre s'était mise à trembler et quand je voulus prononcer son nom, ma voix s'étrangla dans mon gosier. Je sentais bien que j'aurais dû faire quelque chose, mais je ne savais pas quoi. Elle s'éloigna de sa porte pour venir à ma rencontre.

Jusque-là, une seule femme m'avait pris dans ses bras, mais avec Beatriz, ce n'était pas comme avec ma mère. Je me retrouvai serré contre elle, tandis que sa main m'effleurait les cheveux. Je sentais ses larmes couler sur ma chemise.

– Oh! Sonny, sanglota-t-elle, qu'est-ce qui lui arrive? Je me suis fait un sang d'encre toute la nuit, et je n'ai même pas réussi à en parler avec lui. Il serait parti en claquant la porte. Nous l'aurions complètement perdu...

– Beatriz...

– Il faut que tu lui parles. Il t'écoute, toi. Essaie de le raisonner un peu...

– Arrête. Lâche-moi !

Elle s'écarta vivement, l'air horrifié, comme si j'avais essayé de la mordre à la gorge, en lui montrant les dents. Je tremblais de tous mes membres, pris de panique, terrifié de me retrouver ainsi réduit à l'impuissance. Je m'essuyai les yeux avec le dos de la main, mort de honte de m'être laissé aller en sa présence.

– Aide-nous, je t'en supplie, a-t-elle dit, un ton plus bas à présent, et sa main s'est à nouveau avancée vers moi – mais cette fois, j'ai fait demi-tour et j'ai dégringolé les escaliers quatre à quatre.

– Alberto peut bien faire ce qu'il veut ! lui ai-je lancé, comme elle criait encore mon nom.

J'ai traversé la rue la tête la première, ignorant les coups de Klaxon qui me résonnaient aux oreilles. Une bande de pigeons s'est dispersée sur mon passage. J'avais une furieuse envie de prendre mes jambes à mon cou, ne fût-ce que pour fuir ma honte et ma panique. Je me serais réveillé dans un des cauchemars d'Alberto que ça n'aurait pas été pire.

– Alors, qu'est-ce que tu fabriques ?

Ça, c'était Alberto lui-même, un peu plus tard dans la journée. J'étais allé chez Galàn, et il m'avait donné des cacahuètes sucrées à mettre en sachets dans son arrière-boutique. Pour l'instant, c'était le seul boulot de disponible. J'avais besoin d'argent, et je n'avais pas les moyens de refuser ce qui se présentait. Je savais aussi qu'Alberto allait finir par se mettre à ma recherche, et je préférais qu'il ne me trouve pas les bras ballants.

– Arrête ça. Discutons un peu, tous les deux, insista-t-il. Y a comme un problème, là... Pourquoi tu tiens tant à te faire suer pour quelques malheureux pesos ?

– Il en vaut bien un autre, ce boulot, non? ai-je répliqué en lui balançant un regard noir, tandis qu'il piquait une cacahuète. Je ne vois pas le problème.

Il s'était assis devant moi, de l'autre côté de la table. Par la porte entrouverte, j'apercevais Galàn à son comptoir. Le vieux avait beau faire mine d'être plongé dans un magazine, il ne perdait pas une miette de notre conversation. Mais j'en avais besoin, de ce boulot. Pour le moment, je n'avais rien d'autre et c'était la faute d'Alberto.

– Sonny, me dit-il. Me prends pas pour un idiot. Il paraît que ce matin, vous avez eu une petite discussion, ma sœur et toi, dans l'escalier ?

– Hein ?

J'ai levé le nez de mes sachets, stupéfait. Alberto hochait la tête, comme si ça coulait de source. Toujours sans sourciller et toujours désinvolte, il a lancé une cacahuète en l'air, a tenté de la rattraper au vol avec la bouche, et a loupé son coup. Mais le sourire que m'a tiré sa mine déconfite a été de courte durée.

– Eh ouais ! dans notre immeuble, tout le monde est au courant des faits et gestes de tout le monde, a-t-il enchaîné, sur le ton dont il m'aurait ressorti une phrase que je lui aurais maintes fois assenée. J'avais pas ouvert ma porte que le voisin a débarqué, en se plaignant comme quoi vous aviez hurlé plus d'un quart d'heure sur le palier avec Beatriz. Les flingues, personne ne les entend jamais, frangin – t'es bien placé pour le savoir… !

Cette fois, il a été le seul à sourire, car moi, je n'y voyais vraiment rien de drôle. Mais pour ce qui était des coups de feu, il était dans le vrai : aucun de nos voisins n'avait soufflé mot de la détonation qui avait pourtant ébranlé les murs de tout l'étage, mais si Alberto était reparti sans faire feu, ma mère aurait été au courant de tout, dans les moindres détails…

– Enfin bref, fit-il, revenant au sujet précédent. Est-ce que tu as vraiment décidé de harceler ma sœur, Sonny ? Nom d'un chien ! C'est pas parce que Bea est la seule fille du quartier qui t'adresse la parole, que tu dois te sentir des droits sur elle… Qu'est-ce que vous mijotiez, tous les deux, hein ?

Alberto était nettement plus grand et plus costaud que sa sœur, ce qui fait qu'il m'était presque impossible d'esquiver ses questions, quand il me regardait bien en face. Je pouvais résister à Beatriz, quand elle me mettait la pression, mais lui, j'étais incapable de lui mentir. Me penchant sur la table, je lui ai fait signe d'approcher.

– Faut que tu me promettes de rester cool, si je te raconte...

Il garda le silence, et ne fit aucune promesse, ignorant complètement ma demande. Son visage s'était fait plus dur, mais il était trop tard pour changer d'avis. Je jetai un rapide coup d'œil aux alentours pour m'assurer que Galàn n'était pas venu se poster près de la porte pour nous espionner. S'il avait pu entendre notre conversation, ma main à couper que le patron d'Alberto en aurait été aussitôt averti. Quand je repris la parole, je pris donc soin de ne bouger les lèvres qu'imperceptiblement.

– Beatriz sait que tu as un flingue.

– La vache ! C'est toi qui lui as dit ?

– Moi ? J'ai rien dit à personne.

– Alors, comment elle l'a su ?

– T'énerve pas... fis-je, avec un geste en direction de la porte. Sinon on va entendre tout ce qu'on dit, comme dans notre immeuble...

Soudain, Alberto avait l'air de se sentir mal. Il porta la main à son front, comme si la température de la pièce avait chuté de plusieurs degrés.

– Et qui d'autre est au courant ? Pas ma mère, j'espère ?

– Ça n'est qu'une question de temps, lui fis-je remarquer. Tu ne peux pas te promener indéfiniment avec une arme sous le bras, sans que personne s'en aperçoive. Pareil pour le tatouage...

– Ça, c'est mes oignons ! s'écria-t-il, comme s'il ne se souciait plus de se faire entendre.

Mais là, je n'étais plus d'accord.

– Moi aussi, ça me regarde, Alberto. Tu ne peux pas faire comme si on n'avait jamais fait équipe tous les deux, en espérant que tout continuera comme avant.

Il ouvrit la bouche pour riposter, mais parut se raviser et se laissa retomber contre le dossier de sa chaise.

– *Mierda* ! Qu'est-ce que je vais faire ?

Ce qui se passa ensuite me sidéra tout autant qu'Alberto. Posant mon sucrier, je lui dis :

– T'as qu'à me prendre avec toi.

– Quoi ?

– La prochaine fois que t'es sur un coup, tu n'auras qu'à m'emmener.

– Sonny, tu imagines ce que va dire le chef, s'il apprend que j'ai parlé à quelqu'un du boulot qu'il me donne ?

– Mais tu m'en as parlé ! lui ai-je fait remarquer, en

tentant de rester maître de ma voix. Tu m'as tout raconté et maintenant, je suis bien obligé de faire avec. A moi d'arranger le coup avec ma famille, comme avec la tienne. Tu trouves ça juste? On est censés êtres égaux, après tout. Tu n'arrêtais pas de dire que pour nous, ce n'était pas la peine d'entrer dans un gang puisqu'on se débrouillait mieux tout seuls. Mais ça, ça ne marche plus, depuis que c'est toi qui rafles tous les bons coups. S'il te plaît, Alberto. Tu sais que tu peux me faire confiance. J'ai fait mes preuves. Je suis capable de m'occuper d'un pistolet. Alors, vas-y, quoi, Alberto… file-moi du boulot. Je te le demande du fond du cœur!

J'avais le souffle court d'avoir sorti tout ça d'un trait, presque sans reprendre ma respiration. Maintenant que j'avais enfin réussi à le dire avec mes mots, je savais que c'était bien ce que je voulais… Ce n'était pas juste la frustration de rester sur la touche. Maintenant, j'avais compris: il s'agissait de sauver notre amitié. Pour la vie.

Alberto gardait les yeux fixés sur un point imaginaire situé à mi-chemin entre nous. Il avait l'air de se repasser le film, comme s'il réécoutait ce que je venais de lui dire. Puis il se leva pour aller fermer la porte.

– T'as besoin de fric, c'est ça? Combien de fois faudra te dire que tu n'as qu'à m'en demander, Sonny? Vas-y, dis-le!

Il avait sorti son portefeuille, et commençait à en tirer quelques billets. Jamais de ma vie je n'avais vu autant d'argent.

– Combien t'en veux? De quoi ne plus passer tes journées à faire des paquets de cacahuètes? Ça me va. Tu n'as qu'à dire un chiffre. Si tu veux, on peut aller au centre commercial pour se balader un peu. Dans tous les magasins, on trouve des trucs pour le match de demain. On pourrait déjà aller s'acheter un programme!

– J'en veux pas, de ton fric, ai-je craché. Et je te prierai de ne plus me faire de cadeaux, parce que ça n'arrange rien. Ce que je veux, c'est gagner ma liberté, comme toi. Je veux avoir les mêmes options.

– Quelles options?

– Tu parles! râlai-je. Je ne peux même pas choisir une chaîne à la télé sans avoir sur le dos ce vieux crétin qui me pourrit la vie. Toi, tu décides qui doit vivre et qui doit mourir!

– Tu parles d'un choix... fit-il, d'un ton plus calme.

– Mais tu pourrais partir! rétorquai-je. Si tu voulais, grâce à ce flingue, tu pourrais tout reprendre à zéro. Je n'ai pas cette chance, moi. Même si les choses vont en s'aggravant, je serai bien obligé de faire avec, du mieux que je peux.

– Et à ton avis, où je pourrais aller, Sonny?... Puisqu'on dirait que t'as déjà tout combiné dans ta tête.

J'ai soufflé un grand coup, avant de lui rappeler qu'on s'était promis d'aller un jour de l'autre côté des montagnes, juste pour voir comment c'était. Après tout, c'était une idée à lui; et à présent, il me lorgnait d'un œil noir, comme s'il n'avait pas la moindre intention d'aller se balader.

– Emmène-moi sur un boulot, insistai-je encore. Au moins, on aura l'occasion de bosser ensemble, comme on n'aurait jamais dû cesser de le faire.

Alberto avait l'air désemparé. Deux profonds sillons lui barraient le front, comme lorsqu'il réfléchissait intensément.

– Faut que je sois au square dans une demi-heure, finit-il par dire. En ce moment, ça n'arrête pas. D'après *El Fantasma*, c'est souvent à la veille des grands matchs qu'il y a le plus de boulot. Sans doute parce que ce genre d'événement, ça échauffe les esprits.

Sans ajouter un mot, il allongea la main vers la porte qu'il ouvrit à la volée. Évidemment, Galàn était posté derrière, l'oreille aux aguets, ce qui ne me surprenait qu'à moitié.

– Tssttt! lui fit Alberto et le boutiquier battit en retraite vers sa caisse, comme si mon copain était devenu le propriétaire du magasin.

– Quel genre de boulot il pourrait me confier, El Fantasma? leur demandai-je, cette fois à tous les deux, puisque de toute évidence Galàn n'avait pas perdu un mot de notre conversation.

– Qu'est-ce que tu veux que je te dise ? fit Galàn, la main sur le cœur. Je me suis déjà chargé des présentations...

Alberto s'est retourné vers moi avec un sourire qui se voulait aussi optimiste que d'habitude.

– Le patron est un grand supporter du Nacional, a-t-il dit. Ce qui fait qu'à première vue, on est déjà tous dans le même camp !

D'un geste de la main, il m'a fait signe de le suivre.

– Eh, Sonny... ! fit la voix de Galàn, derrière nous. Et mes cacahuètes ?

– On verra ça plus tard ! lança Alberto.

Puis il ajouta, avec un coup d'œil dans ma direction :

– Mon frangin n'a encore jamais manqué à sa parole, que je sache...

. 12

Le type bizarre, avec son œil vitreux, s'appelait Manu. Pour la première fois depuis qu'il était apparu dans notre existence, je sentis son regard s'arrêter sur moi, directement. Je m'étais posté près de la fontaine, pour observer la scène à distance. Alberto m'avait dit de me tenir à l'écart et d'attendre, lorsque la Dodge verte arriverait dans le square et j'avais appliqué à la lettre ses instructions. Penché vers la vitre baissée du taxi, mon ami a discuté quelques secondes avec le chauffeur, avant de pointer l'index vers moi. Malgré son œil mort, Manu a eu vite fait de me repérer.

Je m'étais appuyé au muret de la fontaine, l'air détaché, genre «rien à cirer». Je tenais une cigarette allumée à la main, mais j'avais l'estomac trop retourné pour la fumer. Comme toujours à l'heure du déjeuner, tout était tranquille dans le quartier. Le soleil cognait si fort en ce début d'après-midi qu'il fallait avoir une bonne raison pour mettre le nez dehors. Tout autour du square s'alignaient les volets fermés des boutiques et les portes des immeubles. Les gens du quartier avaient tendu des petits fanions vert et blanc entre les fenêtres. Les rues étaient désertes, et les jeunes joueurs de foot eux-mêmes avaient dû convenir d'une trêve. Je m'efforçais de repousser loin de mon esprit l'idée que j'étais tombé au mauvais moment, là où il ne fallait pas...

– Moi, c'est Sonny ! répétai-je entre mes dents, pour m'exercer. Laissez-moi faire mes preuves ; vous ne serez pas déçu.

C'était Alberto qui m'avait soufflé cette réplique, chez Galàn, et ma foi, ça sonnait plutôt bien. En voyant la tête de mon ami s'incliner à nouveau vers la vitre du chauffeur, j'espérais qu'il tenterait d'appuyer ma candidature, mais en fait, je n'avais aucune idée de ce qu'ils pouvaient se raconter. Alberto s'était mis à parler avec les mains, à présent, et je pouvais entendre qu'ils avaient haussé le ton.

« Vas-y ! murmurai-je à part moi. Dis-lui ce que j'ai fait pour toi. Dis-lui qu'on peut me faire confiance... » Mais à voir la manière dont chacun tentait de couper la parole à l'autre, la conversation semblait mal partie. Alberto y mit fin, et traversa la rue pour venir me rejoindre, la tête basse et les lèvres serrées.

– Pas aujourd'hui, me dit-il, en approchant le plus près possible, comme s'il ne voulait pas se faire entendre.

– Mais toi, il t'emmène bien ! ai-je protesté.

Rien ne m'avait préparé à encaisser ça : Alberto avait été choisi – pourquoi pas moi ?

Pendant qu'on parlait, Manu avait mis le contact. Jetant un coup d'œil par-dessus son épaule, Alberto lui fit signe de la main, pour lui dire qu'il n'en avait plus que pour une seconde. Il n'avait pas l'air de comprendre à quel point ça me tenait à cœur.

– Une autre fois, peut-être, hein... ? Un autre jour.

– C'est *maintenant* que je veux y aller ! m'exclamai-je d'une voix soudain nouée par le désespoir.

J'avais trop souvent vu ce taxi partir sans moi, emportant Alberto sur la banquette arrière. Cette fois, j'étais vraiment décidé à y monter moi aussi, et à m'asseoir près d'Alberto, même au prix d'une nouvelle empoignade. Bien sûr, ma réaction était égoïste et irresponsable, mais c'était plus fort que moi. Manu donna un coup de Klaxon, mais pour moi, pas question de laisser partir mon ami. Je restais là, devant lui, le cœur battant, scrutant son visage à l'affût du moindre signe de capitulation.

– Sonny, finit-il par dire, avec un soupir de lassitude. Ce n'est pas moi qui prends les décisions. Je me contente de faire ce qu'on me dit. Tu ne gagnes peut-être pas grand-chose, mais au moins, tu restes maître de ton temps. Et tu n'as pas à fermer les yeux, pour ne pas voir. T'es libre, toi !

– Libre de quoi ?

Alberto n'eut pas le temps de me donner plus de détails. De l'autre côté du square, Manu cria son nom.

– Je suis parti, dit-il. Allez, quoi... pense à demain ! On y est presque. Qu'est-ce que ça peut faire, ce qui va se passer aujourd'hui ? Demain, quand les tourniquets ouvriront, je veux être le premier à me précipiter dans le stade !

– Si on oubliait le foot, juste une seconde, Alberto !

– Commence donc par me jurer que tu as toujours mon billet.

– Ça, tu le sais aussi bien que moi ! ai-je répondu, dans un effort désespéré pour lui faire changer d'avis.

Je commençais à bouillir intérieurement, et je ne m'en sentais que plus coupable de vouloir le retenir, mais c'était à présent une question de loyauté.

– Je n'ai vraiment pas envie de passer cet après-midi tout seul, lui avouai-je. Ça fait des semaines que je passe toutes mes journées à t'attendre, alors que je devrais être avec toi, dans le feu de l'action. Demande-lui encore, Alberto... je t'en supplie !

Le claquement d'une portière me fit sursauter. Le chauffeur était descendu de voiture et crachait entre ses pieds, l'air hargneux. Alberto semblait complètement perdu. Il me jeta un regard désemparé, et cette fois, je faillis bien croire que j'avais remporté la partie. Puis il me tapa sur l'épaule et je sentis ma combativité m'abandonner.

– Veille bien sur nos tickets, frangin, me dit-il. J'ai confiance en toi, plus qu'en n'importe qui d'autre.

– Je ne veux pas que tu y ailles ! le suppliai-je encore et là, il s'arrêta net.

Ma vision commença à se voiler et tout se mit à tanguer autour de moi. Je clignai les yeux pour chasser mes larmes, en espérant qu'il n'y verrait que du feu. Une fois de plus, Manu lui cria de se grouiller et de monter dans le taxi ; mais cette fois Alberto le laissa s'égosiller. Il ne l'écoutait plus. Je déglutis péniblement en espérant que ma voix ne me trahirait pas.

– Alberto, si t'as des ennuis, pourquoi tu ne restes pas avec moi ? On pourrait repartir de zéro. Tout recommencer, comme avant...

Mon ami soupesa ma proposition pendant ce qui me parut un siècle. A présent, Manu lui-même gardait le silence. Il était retourné s'asseoir à son volant. Alberto me regarda en secouant la tête :

– J'ai des ailes et un Smith & Wesson, fit-il – et il mit un point d'honneur à rouler des épaules, avant de retourner vers la Dodge. Dieu lui-même ne peut rien contre moi.

J'ai passé le reste de l'après-midi à ruminer ma honte. Chaque fois que j'essayais de me repasser la scène du point de vue d'Alberto, je ne voyais qu'un sale petit mioche pleurnicheur, incapable de se débrouiller seul. Ce ne fut qu'au coucher du soleil que ma honte fit place à de la colère. Les rues commençaient à grouiller de monde. La fête battait déjà son plein, mais je ne pouvais m'y joindre. Je me remis à pester contre Alberto, et je finis par retourner à la boutique remplir mes sachets de cacahuètes. Mais Galàn avait baissé le rideau plus tôt que d'habitude et j'ai trouvé porte close. La nuit était à peine tombée que les pétards et les feux de Bengale se mirent à fuser en tous sens dans le ciel. Tout Medellín était en fête, mais pas moi.

Je suis rentré chez moi vers les sept heures. Jairo était à son poste, devant la télé, une écharpe aux couleurs du Nacional autour du cou. Il s'était écroulé dans son fauteuil favori, le pied sur la table, et dormait à poings fermés, bouche grande ouverte, comme si Alberto était revenu lui régler définitivement son compte. Sauf qu'il était toujours de ce monde – le sifflement de sa respiration haletante ne laissait aucun doute là-dessus. Il survivrait au moins jusqu'à la fin du match. Mais la bouteille qui avait échoué devant lui, déjà bien entamée, me conseillait de ne pas m'éterniser dans le coin. Mieux vaudrait avoir pris mes distances, lorsqu'il referait surface. Malgré tout, je n'ai pas pu m'empêcher de me demander si je serais vraiment resté comme ça, sans réagir, si je l'avais réellement trouvé raide mort devant son feuilleton favori. Il n'a pas bougé d'un cheveu, lorsque j'ai éteint la télé et que je me suis assis dans le fauteuil d'en face, stupéfait de voir que ni le grondement de la foule dans la rue, ni les pétards, ni les ovations ne parvenaient à le réveiller.

Nous étions enfin au soir du match tant attendu, et je ne m'étais jamais senti aussi triste. Alberto finirait sans doute par rentrer, tôt ou tard, mais pour rien au monde je ne serais allé frapper à sa porte. A mes yeux, c'était lui qui m'avait laissé tomber et, s'il voulait rattraper le coup et sauver notre amitié, il allait devoir y mettre du sien. Tandis que j'allongeais mes pieds sur la table, mon regard tomba sur le pansement de mon oncle, qui se trouvait presque sous mon nez. En moi, la torpeur et l'ennui le disputaient à l'écœurement. L'idée me vint de prendre une gorgée de sa bouteille. Jairo buvait tantôt de la bière colombienne, tantôt de l'*aguardiente* bas de gamme. Quand il traversait des périodes plus difficiles, il passait à l'eau-de-vie. Je n'arrivais décidément pas à comprendre comment un verre de ce tord-boyaux pouvait vous remonter le moral, mais sur ce point, la première rasade m'a fait changer d'avis. *Ave Maria* ! Ça avait éclaté comme un feu de Bengale dans mon estomac ! Et ça me changeait agréablement de l'herbe d'Alberto. J'ai à nouveau porté la bouteille à mes lèvres.

Dans un coin de ma tête, je me demandais ce qui se passerait si mon oncle venait à constater une baisse de niveau dans sa bouteille, quand il se verserait un verre à son réveil. Mais peu à peu, mes craintes se sont envolées. Je me suis installé plus confortablement, m'offrant une gorgée de temps à autre. Si seulement j'avais pu le débrancher définitivement, ce vieux crétin... ! Ce qui fusait hors de lui, ce n'était même pas des ronflements : ça, ça serait resté supportable. C'était une sorte de râle rocailleux, qui prenait source très bas, dans sa poitrine. Au bout d'un certain temps, le bruit a fini par me porter sur les nerfs.

– Je vais te passer un CD de Nirvana, tonton... lui ai-je suggéré, pour rigoler – j'aurais pu lui dire n'importe quoi, pendant qu'il était dans cet état. Boucle-la une seconde et écoute...

Jairo avait réussi à rafistoler ma stéréo avec du gros adhésif d'emballage, et à ma grande joie ça marchait. Le haut-parleur cassé vibrait un peu dans les graves, mais on entendait toujours très bien la voix de Kurt Cobain et ça sauvait la mise. Même quand j'ai monté le volume, Jairo n'a pas émergé. Je me suis donc affalé dans mon fauteuil, les pieds sur la table, tout comme lui. Mon oncle roupillait ferme et ne reviendrait sûrement pas à lui avant une bonne demi-heure. Il parut pourtant vouloir s'agiter un peu, quand un coup frappé à la porte vint troubler notre petit tête-à-tête. J'ai allongé la main pour baisser le son et ça a dû lui faire ouvrir l'œil... Puis je me suis dit que celui qui frappait, sur le palier, devait savoir qu'il me trouverait chez moi.

Ça ne pouvait être qu'Alberto... ! Mais je me suis aussitôt repris : pas question de courir lui ouvrir, comme ça, comme si de rien n'était – ça, sûrement pas ! Maintenant que j'avais la certitude qu'il reviendrait, j'allais lui rendre la monnaie de sa pièce, juste pour la soirée. Mon oncle poussa un grognement et claqua du bec, avant de retomber dans sa léthargie. Quelques secondes plus tard, j'entendis des pas légers qui redescendaient l'escalier. J'empoignai à nouveau la bouteille.

– Ça m'étonnerait qu'elle passe la nuit, ta bouteille ! lançai-je à Jairo, ponctuant ma boutade d'une grande lampée.

L'alcool me fit bondir sur mes pieds à la seconde même où, dehors, une série de fusées s'élançaient en direction des étoiles. Mon oncle s'était remis à s'agiter faiblement en marmonnant d'une voix pâteuse qui ne me disait rien de bon. Sans même réfléchir, j'ai remonté le volume de la stéréo, ce qui, curieusement, a eu pour effet de le rasséréner. Le vieux crétin préférait manifestement faire la fête tout seul qu'en bonne compagnie...

Deux équipes rivales se disputaient la première place à Medellín mais de ma fenêtre on aurait pu croire que leurs supporters s'étaient temporairement réconciliés, l'espace d'une soirée de liesse populaire. Comme je fouillais la foule du regard dans l'espoir de repérer quelques têtes familières, des copains auxquels j'aurais pu me joindre, mon regard fut attiré par une jeune femme en blanc qui tentait de traverser la rue, emportée par la foule. Elle me parut de nature surnaturelle, comme illuminée d'une lueur divine, tandis qu'elle se laissait dériver dans la cohue, tout en tâchant de s'y frayer un chemin. Avant même qu'elle ne s'arrête et ne lève vers moi la tache pâle de son visage, j'eus le sentiment d'avoir manqué la visite d'un messager qui m'avait été envoyé par Dieu lui-même.

. 13

J'estimais avoir assez fait le pitre devant la sœur d'Alberto ce jour-là... Vu la façon dont j'avais réagi, quand elle avait fondu en larmes à cause de son frère, il m'était difficile de croire qu'elle accepterait encore de m'adresser la parole. Elle avait pourtant eu le cran et la bonté de venir frapper à ma porte – et voilà comment je l'avais reçue ! Je me suis aussitôt éloigné de la fenêtre. Je n'aurais su dire si elle m'avait vu, mais j'étais bien décidé à me faire pardonner. Alberto nous avait causé beaucoup de chagrin, à l'un comme à l'autre, me dis-je. Mais peut-être pouvions-nous encore unir nos efforts, pour l'aider...

– Beatriz !

Je me suis précipité dans la rue noire de monde, m'efforçant de retrouver sa trace dans la cohue. Pour moi, c'était nettement plus difficile de fendre la foule. Les gens me repoussaient et m'enguirlandaient vertement, me conseillant de prendre mon mal en patience. Je me suis retourné deux ou trois fois, dans l'espoir de repérer sa robe blanche mais ça a eu pour seul effet de me couper le souffle en me faisant tourner la tête. A quoi bon être pompette, si en plus de vous faire broyer du noir, ça vous file le mal de mer ? Me hissant sur la pointe des pieds, j'ai hurlé son nom. J'aurais continué à brailler ainsi jusqu'à ce qu'elle me réponde, mais un chapelet de pétards a éclaté en chaîne, juste derrière moi, et la foule s'est écartée, comme autour d'une bagarre de chiens, m'entraînant dans un vaste tourbillon. Quand je suis parvenu à respirer un peu plus librement, j'ai réalisé que c'était le bruit de ma propre stéréo que j'entendais, derrière le brouhaha des rires, des cris et des chansons de la foule. Jetant un œil aux alentours, j'ai alors reconnu mon immeuble. Jairo était à la fenêtre, la bouteille à la main et me criait de rentrer *illico*. Il avait dû se réveiller au moment où je me précipitais dehors, en laissant ma musique à fond et la bouteille débouchée. A présent, plus question de rentrer chez moi, du moins pas avant le retour de ma mère, ce qui voulait dire que la nuit promettait d'être longue. Mais au milieu de cette foule en liesse, de tous ces gens bien décidés à célébrer la fête de leur vie, échangeant des cigarettes, des blagues et des tapes dans le dos, j'ai préféré me laisser emporter au gré du flot.

C'est ainsi que j'ai fini par échouer devant le stade, le lendemain à la première heure, avec cinq mille pesos en poche, un poignet foulé et la lèvre tuméfiée...

L'argent m'aurait à peine suffi pour m'offrir un MacDo. En temps ordinaire, j'aurais fait bon usage de cette petite somme, mais elle m'avait coûté une bonne raclée, et ça m'avait coupé l'appétit. Cela dit, je ne pouvais m'en prendre qu'à moi-même. Si seulement j'avais pu cesser de me conduire comme un gamin! Je me serais fichu des baffes. Après être descendu dans la rue, j'avais rencontré d'autres garçons du *barrio* – des bébés d'à peine huit ou neuf ans, qui grappillent quelques pesos çà et là, en vendant de faux tickets de loterie aux automobilistes arrêtés aux feux, trois rues plus bas que chez moi. J'avais même entendu dire qu'ils avaient réussi à prendre d'assaut une voiture et à y monter de force quelques jours auparavant. Ça, je n'avais pas eu de mal à le croire. Rien qu'à voir leur allure, avec leurs bandanas, on imaginait déjà leur futur gang. Tandis que je leur demandais comment ils avaient pu convaincre trois employés de la compagnie pétrolière de les laisser monter dans leur Chevrolet, ils m'ont tiré sous le nez leurs couteaux à cran d'arrêt et ont joué, spécialement pour moi, un remake de la scène qui m'a fait hurler de rire. Je regrettais vraiment de n'y avoir pas assisté: une dizaine de marmots crasseux s'entassant sur les banquettes et piaillant à qui mieux mieux, pour savoir qui prendrait le volant... Ils avaient besoin d'un chef, ça sautait aux yeux, et dans le tourbillon de la fête, je me suis un peu lâché en leur compagnie.

– Si tu nous montrais un peu ce que t'as dans le ventre! m'ont-ils lancé, (et c'est comme ça que tout avait commencé). On n'a encore jamais monté un coup avec le copain d'un *sicario**...

Le peu d'argent que j'avais réussi à me faire ce soir-là provenait d'un sac à main: le résultat d'un pari qui avait mal tourné. Je me sentais pompette mais en pleine possession de mes moyens et je tenais à leur laisser un petit souvenir. Je n'avais pas de pistolet, comme Alberto, mais je voulais forcer leur respect et m'attirer leur attention.

– Prenez-en de la graine...! ai-je fanfaronné en emportant un carnet de billets de loterie entre les voitures.

Dans cette ville, tout le monde conduit avec les portières verrouillées à double tour, sans jamais baisser les vitres; à moins évidemment d'être coincé à un feu et de voir un jeune garçon dans mon genre qui vient vous offrir le billet gagnant... Ça m'avait pris un poil plus de temps que prévu et j'ai dû paniquer un peu. Les moutards commençaient à me balancer des vannes et à rigoler à mes dépens.

* Tueur à gages.

– Vendre des billets, c'est un jeu d'enfant, pas vrai! me criaient-ils depuis le trottoir, tandis que je concluais à grand-peine ma deuxième vente.

Alors, j'ai décidé de frapper un grand coup: j'ai attendu qu'une autre voiture veuille bien s'arrêter et j'ai glissé la main sous ma chemise comme si je cherchais mon arme et que je m'apprêtais à dégainer. A son volant, la bonne femme a été prise de panique, ce qui m'a presque fait perdre mes moyens, à moi aussi. J'aurais dû filer ventre à terre, dès qu'elle m'a balancé son sac. Mais au lieu de ça, je suis resté baba, mon butin entre les mains, complètement sidéré par ce que je venais de faire. Je n'ai réatterri qu'en voyant les passagers de la voiture suivante, une bande de bouffons de la fac, mettre pied à terre pour venir lui porter secours.

Dès qu'ils m'ont vu en mauvaise posture, les moutards se sont dispersés dans la nuit. Jamais Alberto ne m'aurait laissé tomber comme ça. Le seul souvenir de la leçon qu'il avait infligée à mon oncle suffisait à m'en convaincre. Bien sûr, l'après-midi même, il m'avait abandonné, alors que j'avais tellement besoin de son amitié et de sa présence. Mais à ce moment-là, je n'étais pas en danger. Personne ne menaçait de me balancer sur le macadam. Si j'avais été avec Alberto au moment où ces minus m'ont rattrapé, je ne crois pas qu'ils auraient eu le dessus dans la mêlée. Lorsque je suis enfin parvenu à leur glisser entre les doigts, le T-shirt en lambeaux et à moitié groggy, j'ai commencé à comprendre à quel point il me manquait.

Sans sa protection, je me prenais des gnons de tous les côtés. Je me promis, dès que je le retrouverais, de ne plus jamais le laisser filer sans moi.

Peut-être était-il à mes côtés, d'ailleurs, au moment où je me suis retrouvé devant le stade. Parce que là, personne n'a essayé de me balancer la moindre beigne. De toute la ville, c'était le seul endroit où je me sois senti chez moi, même au beau milieu de la nuit et même au milieu d'une foule aussi dangereuse qu'une jungle. J'ai erré parmi des milliers d'ombres, les ivrognes égarés et les supporters les plus enragés qui assiégeaient la billetterie avant même son ouverture, pour le match du lendemain. Mais personne ne prêtait la moindre attention à ce garçon qui passait, le regard dans le vague et la lèvre en sang. Je devais avoir l'air de m'être déjà fait dépouiller de tout ce qu'on aurait pu me voler, et je n'avais aucune envie de me faire remarquer. Je suis donc allé traîner du côté où nous allions jouer, avec Alberto, chaque fois qu'il y avait un match, et c'est là que j'ai fini par m'écrouler de fatigue. J'ai dormi roulé en boule, la joue sur les mains, et je n'ai même pas vu arriver l'aube. Je ne me suis levé que lorsque les alentours se sont à nouveau mis à grouiller de monde. J'étais mort de soif, et je n'avais rien pour m'abriter du soleil qui cognait de plus en plus fort. Mais je n'osais pas m'éloigner, craignant de manquer mon ami. De temps à autre, je devais jouer des coudes et pousser de toutes mes forces pour ne pas me faire balayer, mais la cohue parut se dissoudre comme par miracle, dès que les grandes portes se sont ouvertes.

Quelques minutes avant le coup d'envoi, le coin où j'avais dormi était à nouveau à peu près libre, lorsque j'ai vu rappliquer une volée de gamins avec un ballon. Ils ont commencé à se faire des passes et ont lancé leur propre match, tandis qu'un immense rugissement faisait vibrer le stade. Le coup d'envoi avait été donné. Les joueurs en herbe avaient posé des T-shirts par terre pour délimiter les buts et, pendant quatre-vingt-dix minutes, ils se sont déchaînés avec autant d'audace et de passion que ceux du terrain principal. Pendant tout ce temps, je suis resté là, nos deux billets à la main, le cœur en proie à une lente agonie. A la fin du match, j'aurais été incapable de dire le score, mais j'avais enfin pris la mesure de ce que j'avais perdu.

Alberto avait disparu. Jamais plus je ne reverrais mon frère de sang, et je ne saurais même pas ce qui lui était arrivé. Ça, je l'avais plus ou moins compris dans le square, au moment où je l'avais vu repartir – et peut-être que lui aussi, il le savait. Peut-être que ni l'un ni l'autre nous n'avions voulu l'admettre. Et maintenant que la fin du match avait été sifflée, je me retrouvais seul dans cette ville. Ce vieux salopard de Jairo n'avait jamais un mot gentil pour moi, pas même en présence de ma mère. Quant à Beatriz, je n'osais plus y penser. Je n'avais plus personne pour veiller sur moi. Mon seul espoir, c'était de me dénicher une arme, moi aussi.

Et je savais où en trouver une.

El Hombre.

La Gloria, Medellín.

La vieille Dodge Dart file en direction de la propriété, soulevant à chaque virage des tourbillons de poussière. De temps à autre, le soleil embrase le pare-brise, chaque fois que la voiture tressaute, en franchissant une ornière. Sur la banquette arrière, le garçon garde les yeux fixés droit devant lui, en marquant une mesure imaginaire sur son genou, du plat de la main. Au dernier virage, le chauffeur klaxonne trois fois – un signal destiné aux gardes chargés d'ouvrir la porte. La Dodge fonce, forçant le garde à accélérer le pas, lui aussi, puis dans un concert de grincements de pneus, elle s'arrête net, à l'aide du frein à main. Manu aime soigner ses entrées, surtout quand il revient avec le sentiment du devoir accompli.

La propriété comprend plusieurs bâtiments d'un seul étage, dont trois délimitent une grande cour intérieure.

Les murs sont badigeonnés de blanc, les toits sont de tuiles rouges, prolongés par une galerie extérieure couverte, qu'ombragent des suspensions garnies de géraniums. Quelques hommes se sont installés au frais autour d'une table et prennent le café, tandis que les deux pitbulls blancs qui jusque-là lézardaient au soleil, se dressent et s'élancent en entendant claquer les portières de la Dodge. Ces chiens de combat sont de véritables boules de muscles, armées de mâchoires mortelles. Lorsque le gamin met pied à terre, il s'en faut de peu qu'il ne parte à la renverse, sous la violence de leur démonstration d'amitié, mais il ne semble pas troublé d'être le point de mire de toute la cour.

– Salut, les fifilles! Vous avez cru que je ne reviendrais pas?

Il grattouille affectueusement l'un des chiens entre les oreilles, et immobilise le cou de l'autre dans une clé. Il ne ferait pas le poids devant ces molosses, s'ils décidaient d'attaquer, mais la crosse de l'arme qui émerge de sa ceinture laisse penser qu'il n'est pas sans ressources. Il a l'air plutôt content de s'être enfin déniché des copains de jeu, et soulagé de se retrouver à l'air libre. La descente de l'injection que lui a administrée Manu a dû être pénible. La piqûre l'a aidé à remplir son contrat, mais comme ses effets tranquillisants s'estompent, ce sont les symptômes de manque qui prennent le relais: maux de ventre, genoux flageolants, sifflements d'oreilles. Ces signes apparaissent dès la première injection. La dernière chose dont il a envie après un coup, c'est bien de rester enfermé dans une voiture empestant le vieux tabac aromatisé à la pomme. Ce qu'il lui faudrait, c'est un endroit tranquille où il pourrait attendre la fin des nausées et des crampes d'estomac. Mais d'abord, il doit aller faire son rapport à celui qui l'attend, dans la maison. El Fantasma *ne quitte son bureau qu'en cas d'absolue nécessité... c'est-à-dire pour les affaires et pour le foot.*

Délaissant les chiens, le garçon semble chercher quelqu'un du regard. Manu, qui lui a servi de chauffeur ces dernières semaines, a rejoint les autres à la table et, la cigarette au bec, se verse un café.

– Eh! lui lance le garçon. Elle est où, ma photo?

– Regarde sur le siège avant, répond Manu, en grimaçant un sourire vers l'un de ses compagnons. Je crois que j'ai de l'avenir comme photographe!

Le gosse a mis la main sur ce qu'il cherchait: le Polaroïd pris par son chauffeur quand il est revenu le récupérer sur les lieux. C'est dans le contrat. C'est la preuve qu'il doit fournir pour pouvoir toucher son salaire, peut-être augmenté d'un petit bonus. Le garçon regarde le Polaroïd qu'il tient dans la paume de sa main, légèrement incurvée. Est-ce que la veuve pourra récupérer le costume du défunt, pour l'envoyer au pressing? Chaque fois, il s'efforce d'éviter le gâchis, mais ce n'est pas toujours possible. Vu sa taille et à si faible portée, ce n'est pas facile de tirer en visant la tête.

Connaissant le boss, il sait que le billet qu'il lui a promis en prime attendra sans doute encore un peu.

– Adios, Senor, murmure-t-il, tout en s'armant de courage pour l'entrevue qui l'attend. Maintenant, Alberto va s'occuper de vous...

. 14

Je n'ai pas eu à aller le chercher bien loin, ce boulot. Manu prétend que je l'ai supplié de m'emmener, mais si c'est vrai, pourquoi je n'arrêtais pas de voir son taxi traîner dans le *barrio* ? Après la disparition d'Alberto, pendant au moins une semaine, je ne pouvais plus regarder par-dessus mon épaule sans apercevoir sa Dodge verte. Il me suivait partout, comme un clebs un peu trop collant.

– T'es toujours partant, hein ?

C'est ce qu'il a dit, quand j'ai finalement décidé de faire demi-tour, pour lui parler. J'ai hoché la tête, en disant que j'étais au courant.

– C'est comment ton nom, fiston ?

– Sonny, ai-je répondu.

– *Shorty*, ça t'irait pas mieux... ?

Il s'est mis à se curer les dents, a renoncé à attendre que je me fende d'un sourire, et a fini par me dire de monter.

Ce jour-là, je n'avais pas peur. Tandis que le taxi se frayait un chemin dans les ruelles ou traversait en trombe des places de marché, je me rendis compte qu'en fait je n'avais plus ressenti grand-chose depuis la nuit du match. J'avais passé mon temps à éviter les gens et les endroits qui risquaient de me faire craquer.

J'avais parfois l'impression que tous les gens de l'immeuble et du quartier pleuraient Alberto, ce qui rendait ma solitude d'autant plus pénible. Évidemment, je ne cessais de penser à lui. C'était comme si je voyais les choses à travers ses yeux. Où que j'aille, je sentais cette place vide, près de moi, mais ça s'arrêtait là. Je n'avais pas versé de larmes et je n'en avais pas perdu le sommeil. Aux policiers qui étaient venus m'interroger, j'avais répondu d'un haussement d'épaules, comme ils s'y attendaient.

Ma torpeur ne s'était dissipée qu'au moment où j'avais mis les pieds dans le taxi. Lorsque la Dodge s'était arrêtée devant un entrepôt, dans les quartiers sud, je m'étais presque senti redevenir humain. Manu m'avait lancé un regard incrédule, quand je lui avais dit que je savais ce qu'on attendait de moi. Et finalement, il avait raison. Tirant une trousse de sa boîte à gants, il a exigé que je lui tende mon bras pour qu'il me fasse une piqûre.

– Les moutards, ça ne tient pas la pression,

expliqua-t-il. (Il a pris la seringue et a fait jaillir quelques gouttes au bout de l'aiguille.) Y a un truc qu'il faut que tu piges, c'est que ça n'est pas seulement dans ton intérêt. C'est aussi une garantie pour tous les adultes qui dépendent de toi. Vas-y, petit, penche-toi un peu et passe-moi ton bras... T'as qu'à t'imaginer dans ta cachette préférée.

– J'en ai pas.

– Tout le monde en a une! m'assura-t-il, comme s'il me suffisait de faire un petit effort de mémoire.

Tout en parlant, il avait enroulé autour de mon biceps un vieux lacet de cuir qu'il me demanda de tenir de mon autre main.

– Ça ne pourrait pas être autre chose qu'une piqûre? lui ai-je demandé, connaissant d'avance la réponse.

– L'effet est instantané, Shorty. Et crois-moi, ça vaut mieux comme ça. Faudrait pas que tu flanches au moment où tu vas rentrer là-dedans.

J'ai senti mes poils se hérisser quand il m'a retourné le bras. Et s'il y avait eu autre chose, quelque chose qu'Alberto ne m'aurait pas raconté... Je me suis forcé à regarder l'aiguille dès qu'elle a commencé à s'enfoncer dans ma peau, comme si elle fondait dans mon bras. J'aurais eu l'air malin si j'avais fermé les yeux ou détourné le regard! Mais l'injection à peine terminée, je n'avais même plus besoin de faire semblant. J'étais prêt. Je n'avais plus la chair de poule. Mes pensées ne s'emballaient plus. J'étais venu là faire un boulot, et je me sentais déterminé, remonté à bloc. Manu est descendu pour me tenir la portière et j'ai posé le pied sur le parking. Il faisait grand soleil, mais je n'éprouvais pas le besoin de cligner les yeux, ni même de lever la main pour me protéger de ses rayons. Le seul truc qui m'ait frappé, c'était la limpidité du ciel, là-haut.

– Belle journée, ai-je dit en levant le nez, puis j'ai regardé autour de moi.

Manu a gardé le silence. Bien avant d'arriver à la porte, on entendait les cris – mais rien ne pouvait me faire perdre mon sang-froid. Je savais déjà ce qui nous attendait derrière cette porte. Quelques hommes, rassemblés autour d'un pauvre type. Celui-là était attaché par les poignets à une palette dressée. Le grand entrepôt était désert et délabré, semé de barils vides, d'éclats de verre et de fientes d'oiseau.

– Alors, où il est, ce flingue ?

Ma question a brisé le silence. Tous les yeux se sont tournés vers moi. Je n'ai pas pris la peine de répéter ma question, ni de soutenir leur regard. Le mien restait fixé sur le type que j'étais venu descendre. Il semblait nettement plus vieux que je ne me l'étais figuré : il avait les cheveux gris, les tempes dégarnies, et, à l'oreille, un anneau qui détonnait bizarrement sur lui. A mon arrivée, on l'avait bâillonné en lui fourrant dans la bouche un chiffon plein d'huile de vidange. De toute évidence, il avait subi un tabassage en règle. Je l'ai regardé droit dans les yeux et il m'a renvoyé mon regard. J'ai vu qu'on s'était compris et par respect je n'ai pas rompu le contact, même quand j'ai senti une crosse se glisser dans ma main.

– Vas-y, m'a soufflé Manu à l'oreille. Me déçois pas. Si tu foires ton coup, je t'étrangle de mes propres mains !

Enfin je l'avais, ce flingue. Je l'ai laissé pendre à bout de bras, contre ma cuisse, tandis qu'un des hommes de l'assistance allait chercher quelque chose, sur un établi qui se trouvait derrière lui. Il en revint avec une petite scie.

– C'est comment, ton nom, le môme ? me demanda-t-il.

– Shorty, répondit Manu, sans me laisser le temps d'ouvrir la bouche. Aujourd'hui, il fait ses débuts.

– Salut, Shorty. Ici, la tradition veut qu'on commence par te montrer comment on noue les cravates à la colombienne... !

Les autres se sont mis à rigoler et, comme ils s'écartaient sur son passage, j'en ai profité pour ouvrir le feu sur l'homme qu'il s'apprêtait à charcuter.

Je n'ai pas sourcillé lorsque mes balles ont fait jaillir de sa poitrine un geyser de sang et de lambeaux de tissu. L'homme a sursauté et grimacé à chaque coup, mais j'ai continué à tirer jusqu'à ce que mon barillet soit vide. Je n'avais pas besoin de le voir, leur numéro. Alberto y avait assisté pour moi. Ce qui comptait, c'était que le boulot soit fait, sans perte de temps et sans humiliation inutile. Chaque coup avait fait un vacarme assourdissant. Le dernier se réverbéra dans tout l'entrepôt pendant ce qui me parut une éternité. Personne n'a pipé mot lorsque ma main droite s'est abaissée, mais ce que je venais de faire m'avait coupé le souffle.

Alberto m'avait peut-être laissé sur la touche, mais je venais de prouver que j'étais capable de me débrouiller sans lui, en gardant la tête haute. Toujours accroché à la palette, le vieil homme s'était affaissé, comme si ses os s'étaient changés en brindilles incapables de le soutenir. Tous les yeux restaient fixés sur moi.

– Tu es motivé. C'est une qualité que j'apprécie chez mes *sicarios*. Tu aurais peut-être pu économiser quelques balles, mais il en a eu son compte, cet enfoiré.

El Fantasma avait à peu près le même âge que « l'enfoiré » de mon premier contrat ; mais lui, il portait un jean et une veste sport, et aux pieds, des tennis blancs qui lui donnaient une allure nettement plus jeune.

– Depuis six mois, ce chacal allait rapporter à la police mes moindres faits et gestes. Une chance que j'aie des amis haut placés dans les forces de l'ordre, pas vrai ?

J'ai hoché la tête. Son regard s'attardait sur moi. J'avais du mal à tenir en place. Le boss avait une tête toute ronde, avec des cheveux bruns, bouclés, qui lui tombaient dans le cou. Il s'était juché au bord de son grand bureau d'acajou sur lequel trônait une photo encadrée des joueurs du Nacional. Il tenait entre les doigts un joint minuscule, roulé avec une seule feuille. Après chacun de mes boulots, j'avais ordre de venir le retrouver à la propriété et depuis, je ne l'ai jamais vu sans un joint entre les doigts. Mais ses yeux restaient toujours très clairs, tout comme ses idées. Il paraît qu'il ne touchait à aucune autre drogue, bien qu'il ait fait fortune en approvisionnant une bonne partie du pays – mais ça, c'était le genre de question qu'il valait mieux ne pas poser. Il y avait au moins un truc dont j'étais sûr, c'était qu'il manipulait l'argent avec les gestes fluides et vifs d'un joueur professionnel distribuant des cartes.

– Voilà ! fit-il ensuite, en faisant claquer dix billets qu'il avait sortis d'une pince à billets.

Empoche ça et va les mettre en lieu sûr. Cette ville grouille de voleurs, comme tu le sais peut-être...

Il rigola dans sa barbe, tandis que je les faisais disparaître, mais tout à coup son humeur parut changer. Tendant la main, il me demanda mon arme.

– Je vous demande pardon... ?

Pour la première fois, j'avais peur, mais je pris mon courage à deux mains et je lui tendis le pistolet. El Fantasma contourna son bureau pour aller s'asseoir dans son fauteuil et posa l'arme devant lui. Puis il ouvrit un tiroir dont il sortit une boîte de balles.

– J'ai l'impression que tu vas en utiliser une sacrée quantité, fit-il en remplissant le barillet. Assure-toi juste de les mettre là où il faut, Shorty. Je sais qu'on a déjà eu quelques démêlés, toi et moi, mais qu'est-ce que tu veux... quand on enfreint les règles du jeu, faut pas s'étonner de se prendre un carton rouge, pas vrai ?

– Oui, m'sieur.

– Pour quelle équipe tu es ?

J'ai jeté un œil à la photo, dans le cadre.

– La même que vous.

– Tant mieux. Et tu joues en quelle position ? Une petite torpille comme toi, tu dois être au moins ailier.

– Je joue là où on a besoin de moi, ai-je répondu.

Il a hoché la tête d'un air entendu et a poussé le pistolet vers moi.

– Bienvenue dans notre équipe ! m'a-t-il dit avec un clin d'œil.

Et, à l'instant même, j'ai décidé de devenir son joueur vedette. Pour moi, c'était un devoir, pas seulement envers moi-même ou envers l'ami que j'avais perdu, mais pour tous ceux qui comptaient, dans ma vie. Si je pouvais les aider à faire leur chemin, grâce à l'argent que j'allais gagner, ce serait comme de l'espoir que je leur offrirais.

Les poches enfin pleines, je revins chez moi dans l'après-midi et je mis aussitôt le cap sur la porte que j'avais si soigneusement évitée depuis la disparition d'Alberto. Je n'étais même pas sûr d'en être capable. J'avais l'estomac un peu retourné et la bouche pâteuse, comme si j'avais sucé un peso toute la journée. Mais Alberto m'avait prévenu : c'étaient les effets de la piqûre. Je croisais les doigts pour que ses effets calmants se prolongent encore un peu.

– Qui est là ?

Derrière la porte, la voix de Beatriz avait sonné bizarrement, comme assourdie par la peur, mais elle changea du tout au tout dès qu'elle entendit mon nom.

– Fiche le camp ! s'écria-t-elle. Ce n'est plus la peine de revenir !

– S'il te plaît... j'ai quelque chose pour toi.

– C'est trop tard, répondit-elle. Fiche-nous la paix, Sonny !

Elle parlait aussi au nom de sa mère. Ça, je le savais, parce que quand elle avait compris que son fils ne rentrerait pas, la mère d'Alberto s'était enfermée dans l'appartement. J'avais plusieurs fois résolu d'aller voir la famille de mon ami, pour leur parler. Je leur devais bien ça. Mais au moment où je levais la main pour frapper à leur porte, mon bras restait suspendu dans le vide. Le plus souvent, c'étaient les sanglots que j'entendais derrière la porte qui me dissuadaient d'insister, mais la plupart du temps, c'était moi-même. Je n'avais tout simplement pas le cran d'affronter la sœur d'Alberto, et je faisais de grands détours pour l'éviter. J'avais peur d'elle, plus que de personne au monde. Enfin... du moins tant que je n'avais rien à lui offrir, pour compenser leur perte.

– Beatriz, insistai-je, en m'assurant que mon pistolet était bien caché dans ma ceinture. Je ne m'en irai pas tant que tu n'auras pas ouvert.

– Parce que tu es sourd, maintenant, en plus d'être idiot ! On ne veut plus d'ennuis. On n'avait rien demandé, Sonny. Et maintenant, nous n'avons même pas un corps à enterrer. Nous ne pouvons même pas faire notre deuil et continuer à vivre.

– Tu me manques tellement !

Ces mots, tout droit jaillis de mon cœur, imposèrent silence à la voix derrière la porte.

– Et Alberto aussi, il me manque. Mais nous, on est toujours là, non... ?

C'est alors que j'entendis le verrou que l'on tirait. La porte s'ouvrit et je la vis. Elle était plus mûre que dans mon souvenir, et nettement plus sombre. Ses yeux étaient soulignés de grands cernes. Elle avait perdu plusieurs kilos.

– Rentre chez toi, Sonny.

Elle portait la même robe que le jour du grand match, mais là, dans la pénombre du palier, elle n'avait plus rien de féerique et sa tenue me parut des plus ordinaires. J'entendis du bruit dans l'appartement. Il y avait quelqu'un. L'espace d'une seconde, je m'attendais à voir surgir son frère, la mine réjouie, s'empiffrant de gâteaux, prêt à prendre la journée à bras-le-corps. Au lieu de quoi, je ne vis que la silhouette de sa mère, qui se découpait en ombre chinoise derrière un paravent. Je ne savais plus que dire. J'eus tout juste le courage de lui glisser une poignée de billets dans la main. Ce n'était que la moitié de mon salaire, mais à la vue de tout cet argent, elle eut un hoquet de surprise.

– Quoi ? Oh, non, Sonny... pas toi !

Elle devait être déjà en larmes, au moment où j'avais frappé, parce que ses yeux se mirent soudain à scintiller et elle éclata en sanglot, sans même me laisser le temps de lui expliquer que j'avais la situation sous contrôle, et que je savais ce que je faisais. Elle me lança un regard éperdu et tenta de me rendre l'argent mais j'avais reculé d'un pas, les mains levées.

– Garde ça, fis-je. Mon seul regret, c'est de ne pouvoir en faire plus.

Je voyais bien que mon geste l'avait touchée – je n'aurais pu lui faire de déclaration ni de condoléances plus sincères. Ce qui fait que lorsqu'elle me jeta les billets à la figure, elle acheva de m'enlever le peu de vie qui me restait.

– Si, tu peux en faire plus ! explosa-t-elle. C'est de déguerpir ! Disparais de nos vies, espèce d'idiot. Fiche-nous la paix... !

. 15

Ma mère était bien la dernière personne que je voulais affronter ce jour-là, et ce n'est qu'au moment où je l'ai vue que j'ai compris pourquoi. Je venais de franchir notre porte, prêt à riposter aux récriminations de Jairo, mais lorsque je l'ai aperçue, mon armure s'est fissurée. Je me suis senti à deux doigts d'éclater en larmes sous le choc, ou juste sous l'effet du soulagement. Mais je suis parvenu à déglutir et à ravaler mes sanglots, en soufflant un grand coup.

–Seigneur, regarde-toi ! fit-elle depuis la table où elle était assise. Mon pauvre petit garçon...

D'habitude, c'était mon oncle que je trouvais à cette place en rentrant. Et, invariablement, il affichait la mine de quelqu'un qui voit arriver la dernière personne qu'il a envie de voir : moi. Sans lui, l'appartement était un havre de paix, de lumière et d'air frais. Ma mère s'était levée pour m'accueillir, repoussant sa chaise sans bruit. Je me retins de me jeter à son cou, et pas seulement à cause du pistolet qu'elle aurait pu sentir sous ma chemise. Mais à ce moment-là, si elle m'avait pris dans ses bras, je crois que je lui aurais tout raconté.

– Où est-ce qu'il est ? lui ai-je demandé, en m'efforçant de donner le change.

Je suis allé jeter un œil derrière le rideau, mais Jairo n'était pas dans le lit. L'espace d'une seconde, l'idée m'effleura que le vieux salaud était peut-être mort, ce qui aurait expliqué la présence de ce chapelet entre les doigts de ma mère...

– Qu'est-ce qu'il y a ?

– Tu es revenu, répondit-elle. Pour moi, c'est tout ce qui compte.

Sa voix me parut songeuse, bizarrement lointaine, comme si elle avait parlé à un fantôme et non à son propre fils. Elle avait le regard plus fixe qu'au naturel, aussi, mais depuis qu'elle avait découvert la disparition d'Alberto, ses yeux ne cillaient plus. Quand elle avait appris la nouvelle, je m'attendais à ce qu'elle se mette du côté de Jairo, pour m'engueuler. Mais non. Elle s'était juste éclipsée pendant une heure, et à son retour on aurait dit qu'elle avait laissé son âme dans les rues. Elle se mettait à pleurer sans crier gare et semblait la plupart du temps perdue dans ses pensées, à tel point que mon oncle avait pris l'habitude de la secouer comme un prunier pour la faire revenir à elle. Il ne cessait de lui répéter que le monde n'allait pas s'arrêter à cause d'un petit crétin qui avait gâché sa vie, et que si elle ne se remuait pas un peu pour payer le loyer, autant dire que nous aussi on était morts, tous autant qu'on était, ou guère mieux. Je ne lui en avais pas voulu, quand elle était partie travailler et qu'elle n'était pas revenue pendant deux nuits d'affilée, même si Jairo avait bondi sur ce nouveau prétexte pour râler de plus belle.

C'est la hargne de mon oncle et cette façon qu'il avait de nous harceler, qui m'avaient convaincu de répondre aux avances silencieuses de Manu. Au moins, ça me fournissait une bonne raison de quitter l'appartement pour aller gagner ma vie. Une fois de plus, j'ai plongé la main dans ma poche, pour montrer à ma mère l'argent que j'avais gagné. Vu la manière dont Beatriz avait réagi, je m'attendais au pire. J'ai donc déposé les billets entre ses mains, en priant pour qu'elle n'émerge pas trop vite de ses songes, et je lui ai promis que désormais tout allait s'arranger.

– C'est pour toi, maman. C'est à toi. Et si Jairo essaie de te le faucher, dis-le moi.

Ses yeux quittèrent un instant les billets pour poser sur moi un regard absent, dénué de surprise. Ses lèvres s'agitèrent faiblement, sans qu'un mot ne parvienne à les franchir. Je me suis hissé sur la pointe des pieds pour poser un baiser sur sa joue et je lui ai expliqué que j'avais rendez-vous. Je mentais, mais je ne voulais pas que mon oncle me trouve là en rentrant.

– Où tu vas? me demanda-t-elle, comme je me dirigeais vers la porte.

– Oh, nulle part.

– Tu reviendras à la maison?

A la façon dont elle l'avait dit, on aurait cru que c'était un enfant qui posait cette question à un adulte qui partait. Mais cette fois, une note d'inquiétude avait résonné dans sa voix. Je n'avais plus qu'une seconde pour fiche le camp.

– Sonny?

Je me suis précipité dans l'escalier. Vu son état, elle aurait peut-être complètement oublié mon existence dès que je serais sorti de son champ visuel. J'ai dégringolé les marches puis, levant la tête, j'ai vu qu'elle m'avait suivi sur le palier et se penchait au-dessus de la rampe, l'argent dans une main et son chapelet dans l'autre. Elle m'a crié qu'elle m'aimait très fort, mais le ton n'y était pas. J'ai pris mes jambes à mon cou. Je savais où je voulais aller.

La première chose que j'ai faite, en arrivant, ce fut de parler à Alberto. Je m'étais mis dans le fond, penché sur un prie-Dieu, les mains jointes, en m'efforçant de rester maître de moi-même. Pour moi, c'est une chose toute naturelle que d'entrer dans une église. A Medellín, on trouve une église à chaque coin de rue. Celles qui restent ouvertes nuit et jour, comme celle-ci, sont plus rares. Leurs portes sont généralement cadenassées, mais celle-ci avait été si souvent pillée qu'il n'y restait plus rien à mettre hors de portée des voleurs. Ce qui fait qu'après chaque service, dès que les fidèles quittaient les lieux, tous les autres rappliquaient. Quand j'étais petit, j'y venais souvent avec mon oncle. Sauf que, quand c'était le tour de Jairo d'entrer dans le confessionnal, il avait tendance à s'y éterniser. Résultat, en grandissant, j'en étais venu à considérer l'église comme l'endroit rêvé pour chahuter dès que le prêtre avait le dos tourné. Tout ça me semblait bien loin à présent.

Il régnait une paix surnaturelle dans cette église. On se serait cru dans une autre galaxie, à des années-lumière des rues environnantes. Des cierges scintillaient devant l'autel de contreplaqué et d'autres au fond, là où était jadis accroché un crucifix. Ça sentait l'herbe et l'encens. Sur le banc d'en face, quelques garçons se passaient un joint en palabrant à voix basse. J'avais remarqué un tatouage sur le cou de l'un d'eux, des ailes noires dont l'extrémité dépassait de l'encolure de son T-shirt, mais je n'y ai vu qu'une bonne occasion de m'occuper de mes oignons. En entrant, j'étais à cran, tenaillé par le besoin de trouver de quoi fumer. Mais dès que je me suis posé, j'ai retrouvé un semblant de calme. Après ce que j'avais fait, je me sentais à peine le droit de m'adresser à Dieu. La seule chose que je demandais, c'était de parler tranquillement à mon ami. Je voulais lui raconter ce qui m'était arrivé ces derniers jours, et lui demander ce qu'il pensait de moi, à présent. Je lui ai promis de m'occuper de sa famille – même si ça risquait de prendre un peu de temps avec Beatriz. Mais elle allait bien finir par comprendre à quel point elle comptait pour moi. J'allais lui demander ce qu'il en pensait, quand une main s'est posée sur mon épaule. J'ai sursauté, en cherchant instinctivement mon arme.

– Eh ! doucement, mec ! a fait le garçon qui m'avait dérangé.

C'était le tatoué. Il me tendait un mégot de joint, et j'ai compris qu'il voulait juste m'en proposer une taffe. Il s'est reculé, en me lorgnant d'un air méfiant.

– T'avais l'air un peu paumé, c'est tout.

. 16

Au moment où j'ai quitté l'église, bien plus tard, je me sentais ragaillardi et à nouveau prêt à affronter la rue. Je ne m'étais pas fait de copains, mais c'était comme si j'avais renoué avec un vieil ami. Ce qui explique sans doute que, par la suite, j'aie pris l'habitude de revenir à cette église. Chaque fois que je partais faire une virée en taxi, je demandais à Manu de me laisser sur le parvis au retour. Ça n'était pas toujours une partie de plaisir de me retrouver seul face à mes pensées, mais je préférais être là que sur le toit. J'étais retourné une fois ou deux à notre ancienne cachette, mais à présent ça n'était plus pareil. Il y manquait quelque chose. Jairo s'était définitivement approprié ma stéréo, et je ne pouvais même plus m'isoler pour écouter Kurt. Peu à peu, le banc de l'église a donc remplacé notre planque sur le toit.

Alberto n'en serait pas revenu. Il était croyant, lui, de son vivant. Mais moi, j'avais beau passer plus de temps dans la maison de Dieu que dans la mienne, je commençais à douter qu'Il puisse continuer à croire en nous.

En un sens, mon job était devenu plus facile. Je n'avais même plus à y penser. Je me contentais de faire ce qu'on me disait et d'empocher l'argent. Personne ne me donnait la moindre explication. J'ignorais ce qu'on leur reprochait, à ces gens, et je ne tenais pas à le savoir. Certaines fois, je n'avais même pas besoin de tirer. Il me suffisait d'arriver dans un bureau, un bar ou une boutique, et de sortir mon flingue sous le nez du type que m'indiquait Manu, en le priant de sortir. Il était exceptionnel qu'ils tentent de résister ou de prendre la fuite face à l'œil noir de mon canon. Certains me décochaient un regard glacé, juste avant de disparaître sous le sac qu'on leur mettait sur la tête. Mais pour la plupart, ils ne semblaient pas s'étonner outre mesure de nous voir arriver, moi et le gros 4x4 gris métallisé qui venait les cueillir. Manu se gardait bien de me dire où on les emmenait, ni pourquoi ils devaient faire le trajet dans le coffre. Mon seul regret, dans ce genre de plan, c'était de ne pouvoir mettre un point final à leur petite excursion, avant qu'ils ne le découvrent par eux-mêmes.

– Je connais comme ma poche la moindre ruelle, le moindre immeuble et la moindre impasse de cette ville, me disait Manu. Mais certains endroits, vaut mieux ne les voir qu'en imagination.

Évidemment, je rencontrais pas mal de cadavres, mais tous n'étaient pas de mon fait. Il nous arrivait souvent d'en croiser, dans des secteurs mal famés où les meurtres étaient monnaie courante et où les corps qui traînaient dans la rue étaient aussi ordinaires que des sacs poubelles. J'évitais de trop réfléchir à la façon dont ces gens avaient trouvé la mort, mais je ne pouvais m'empêcher de penser à ce qu'il pouvait y avoir après la vie. Alberto avait fait le grand saut, lui. Je savais bien que je finirais par le rejoindre un jour, comme nous tous, mais du moment que la subsistance de ceux que je laisserais derrière moi serait assurée, je me sentais prêt à aller rejoindre mon copain.

Pendant toute cette période, mon attachement à mon barrio n'a fait que croître. Je l'aimais vraiment, ce quartier, et pas seulement l'église, mais toutes les rues avoisinantes où j'avais passé mon enfance, la lumière, les bruits, ces visages qui m'étaient si familiers. Ça devait être les piqûres de Manu qui me donnaient ce genre d'état d'âme. Au début, elles m'aidaient à faire mon boulot, sans risquer de décevoir le patron, mais au fil des semaines je n'en avais plus besoin. Je ne paniquais plus au moment de presser la détente. Je restais parfaitement calme et, lorsque Manu enfonçait l'aiguille dans ma veine, ça ne me donnait plus qu'une grande lassitude. Le boulot fait, je n'avais plus qu'une envie, mettre les voiles. Mais Manu insistait toujours pour venir prendre la photo, la preuve qu'il fallait fournir à El Fantasma. Ensuite, nous allions la lui apporter, et il me donnait mon salaire. Chaque fois, il examinait en silence la pièce à conviction, tirant sur son joint qui n'était guère plus gros qu'un cure-dents, comme s'il avait été incapable de respirer sans. Je n'aurais su dire à quoi il pensait – à ses victimes ou à ce que serait son avenir, débarrassé d'eux. Mais, quoi qu'il eût sur le cœur, il le ravalait le plus profond possible. Et lorsqu'il émergeait enfin de ses pensées, il balançait la photo sur son bureau d'une main nonchalante, comme un objet qui aurait soudain perdu toute signification. Une fois, il a dû mal ajuster son geste car la photo est tombée par terre, à mes pieds. Je me suis penché pour la ramasser et, quand je me suis relevé, il a levé les mains.

– Tu n'as qu'à la garder, a-t-il suggéré. Quand j'avais ton âge, j'adorais faire des collections.

– Non, merci, ai-je répliqué, en reposant le Polaroïd sur le bureau. La seule chose que je collectionne, moi, c'est les dollars.

Ma répartie l'a fait exploser de rire. Il a même appelé son garde du corps pour l'en faire profiter. Mais pour moi, ça n'avait rien d'une blague. L'argent était ma seule motivation. Si je revenais, c'était que chaque fois, après être passé à l'église, je pouvais glisser une enveloppe sous la porte de Beatriz en rentrant chez moi.

A chaque livraison, je m'attendais à voir l'enveloppe repasser sous la porte, en sens inverse. J'attendais une minute ou plus, jusqu'à ce que je sois bien certain qu'elle ne me reviendrait pas. Tôt ou tard, Beatriz accepterait de me parler. Ça, j'en étais sûr. Ce n'était qu'une question de temps.

Et le jour où elle se déciderait à m'ouvrir sa porte, moi, je serais prêt.

Son frère me manquait terriblement, lui et son amour de la vie. Tout semblait si nul sans Alberto, mais pour ce qui était de Beatriz, je gardais un peu d'espoir. Depuis la disparition de son frère, les semaines avaient compté triples pour moi. J'avais mûri à toute vitesse et j'avais la conviction qu'un jour, peut être pas si lointain, elle finirait par voir en moi un égal. D'ailleurs, à mes yeux, le fossé de l'âge ne voulait plus dire grand-chose. Vu tout ce que j'avais vécu ces dernières semaines, je me sentais bien plus mûr que ne l'indiquait le nombre de mes années. J'en étais même venu à penser que l'âge apportait une sorte de tristesse, presque impossible à dissiper. J'étais donc bien décidé à ne me priver de rien. Alberto faisait ce genre de chose, lui aussi, pour garder le moral. J'allais m'acheter toutes sortes de trucs dans notre centre commercial préféré. Je tenais à paraître à mon avantage aux yeux de Beatriz. Et j'avais envie d'avoir à nouveau de la musique.

La première chose que je m'offris, ce fut donc un walkman, un holster pour mon pistolet et un beau T-shirt blanc pour le dissimuler. Mon oncle pourrait bien crever de jalousie, mais s'il essayait à nouveau de me priver de musique, il devait s'attendre à tomber sur un os. Quant à mon T-shirt, j'avais eu beau choisir la taille *small*, je flottais un peu dedans; mais il n'était plus question pour moi de continuer à m'habiller au rayon enfants.

Je ne craignais pas de me balader en ville avec les écouteurs sur les oreilles. Qui aurait osé tenter quoi que ce soit? Les petits loubards du quartier me voyaient arriver, et de loin, tout comme les dealers du marché. Galàn hochait la tête lorsqu'il me voyait passer devant sa vitrine, et Jairo lui-même commençait à prendre des gants avec moi. Parfois, lorsque je rentrais à la maison, il m'offrait un verre ou me laissait me mettre à la fenêtre, tranquille, la cigarette à la main. Je savais qu'il prélevait sa part de l'argent que je donnais à ma mère: du jour au lendemain, il s'était offert les meilleures marques de bière, délaissant *l'aguardiente* pour le whisky. Mais mon oncle savait à quoi s'en tenir. Quand j'acceptais de venir boire ne fût-ce qu'un jus de tomate en face de lui, ses yeux restaient fixés sur mon holster. A la différence d'Alberto, je n'essayais même pas de cacher mon arme. Même bien avant que ma mère ne se mette à fondre en larmes à tout bout de champ, j'avais évité de la montrer en sa présence. Mais Jairo, s'il voyait dépasser une crosse de ma ceinture, ça ne pouvait que lui rafraîchir les idées.

– J'apprécie ce que tu fais pour ta mère, me glissa-t-il un jour, dans un souffle.

Il s'était penché par-dessus la table, alors que personne ne pouvait l'entendre ; il n'y avait que lui et moi.

– Laisse-lui juste le temps de digérer tout ça, ajouta-t-il. Elle finira par comprendre le sacrifice que tu fais.

Il était trop fin renard pour exiger directement sa part du fric, ce vieux salaud, et je m'étais bien gardé de lui dire que seule la moitié de ma paie arrivait chez nous. Évidemment, il aurait donné cher pour connaître le nom de mon patron, mais là-dessus, mon silence semblait en dire assez long. En tout cas, ça le convainquit de prendre ma défense quand ma mère commença à protester. Mais rien n'aurait pu les empêcher de se bagarrer de plus belle. Au premier signe d'orage, je déguerpissais sans demander mon reste et chaque fois, en arrivant dans la rue, je me sentais aussi coupable que si j'avais déclenché une guerre.

Si Manu n'était pour moi qu'un chauffeur, doublé d'une sorte d'ange gardien, El Fantasma était devenu un véritable coach. Au cours de nos entrevues, il engageait la conversation. Nos débats portaient invariablement sur notre équipe favorite, et sur la forme des joueurs. Ou alors il insistait pour m'emmener sur un terrain attenant à la propriété, où nous faisions quelques passes. Aucun de ses hommes ne m'avait jamais dit que le patron détestait perdre, mais un jour où j'avais réussi à lui piquer la balle sous le pied, il fut le premier à briser le silence, en éclatant en applaudissements. Question famille, il faisait preuve d'une grande bienveillance et parut sincèrement navré quand je lui décrivis la sale ambiance qui régnait chez nous.

Un jour, Manu m'expliqua que le boss avait perdu sa femme et leur jeune fils dans un attentat à la bombe quelques années plus tôt. Selon mon ange gardien, le patron avait été tellement marqué qu'il n'y avait plus jamais refait allusion. Je me sentis donc privilégié le jour où, comme je venais chercher ma paie après avoir liquidé un businessman un peu trop fort en gueule, le patron me remercia d'avoir définitivement neutralisé un de ses vieux démons.

– Cet homme dont tu viens de me débarrasser, m'expliqua-t-il en froissant la photo dans son poing, c'était le cousin d'un salaud qui a tué deux personnes chères à mon cœur. Question style, il te reste encore un ou deux points à améliorer, Shorty, mais là, tu es à deux doigts de gagner ton billet pour la finale du championnat !

Je sentis s'installer un léger malaise, lorsqu'il sortit sa pince à billets. Je m'étais figuré que c'était une allusion à sa famille... Il me devait l'argent du job, bien sûr, mais en un sens, à présent qu'il m'avait mis au courant, ça semblait un peu déplacé.

– Ils doivent beaucoup vous manquer.

Je n'avais rien trouvé de mieux à lui répondre. Il a levé vers moi un regard surpris, et j'ai d'abord craint de me faire rappeler à l'ordre pour cette indiscrétion. Mais non, il a eu un petit sourire, comme pour lui-même, et s'est mis à compter mes billets.

– Le jour où elle a explosé, cette bombe, a-t-il fini par lâcher, j'ai juré de remonter la piste de tous les fils de pute qui avaient monté ce coup et de les faire payer, eux et leurs familles. Hommes, femmes, enfants. J'ai juré de les écraser tous.

A l'entendre, on aurait cru qu'il s'agissait d'une volée de mouches, rien de plus.

– Est-ce que c'était vous qu'ils visaient? lui ai-je demandé.

– Pas besoin de supprimer physiquement quelqu'un pour le détruire...

Il s'interrompit un moment, les yeux fixés sur les billets qu'il avait à la main.

– Dans le temps, j'étais convaincu que mon business serait le passeport de ma famille pour échapper à cette ville, à ce pays. Mais à présent, c'est tout ce qui me reste et je suis plus blindé que jamais. Je ne connais plus ni pitié ni remords, et je n'ai plus le moindre espoir pour l'avenir. Abandonne tout espoir, Shorty. En ce monde, c'est le seul moyen de survivre: servir ton équipe de tout cœur, en sachant d'avance qu'on ne peut prétendre gagner à tous les coups.

El Fantasma insista pour que je prenne l'argent que je venais de gagner, mais tout ça avait dû le mettre de mauvaise humeur parce qu'il enguirlanda un de ses hommes qui s'était risqué à entrer sans frapper. Comme le type en question avait la carrure de Superman en personne, l'expression de panique que je vis se peindre sur ses traits n'en fut que plus alarmante:

– Il y a des flics à la porte, chef...! fit-il d'une voix haletante. Des inspecteurs, avec des mandats.

– Quoi? Pourquoi n'avons-nous pas été prévenus?

– Señor, est-ce que tout est en ordre, ici ?

Le regard du garde s'attarda une seconde de trop sur moi, mais je ne savais que dire. Je me suis contenté de fourrer mes billets dans ma poche de jean.

– Toi, tu décampes immédiatement, m'enjoignit El Fantasma, en ramassant le Polaroïd froissé, échoué sur son bureau. Prends ça, et fiche-moi le camp !

– Et Manu ?

J'avais laissé mon chauffeur dans la cour. Il devait déjà être en grande conversation avec les flics...

– Dehors !

L'ordre avait été craché dans un murmure, mais j'y avais nettement discerné une nuance de menace. J'ai donc pris la photo, et j'ai filé.

. 17

Je suis sorti du bâtiment en passant par les cuisines et une fois dehors je me suis arrangé pour me fondre dans le paysage. Partout, c'était la débandade. Gardes et employés couraient çà et là, les bras chargés de boîtes à dossiers et de piles de documents. Ils allaient et venaient en tous sens, dans la plus grande précipitation. Personne ne me prêtait la moindre attention, mais mon cœur a failli me défoncer la poitrine quand j'ai vu arriver vers moi un groupe de flics qui venaient de tourner au coin du bâtiment. J'ai fait demi-tour, tandis qu'ils tentaient de se repérer dans le chaos qui régnait dans ce coin de la cour. Ni vu ni connu, j'ai couru jusqu'à un mur que j'ai escaladé en toute hâte, avant de me laisser tomber de l'autre côté, les genoux en sang. Personne n'a tenté de me suivre. Il n'y a même pas eu un tir de semonce. S'il s'agissait vraiment d'une descente de police, me suis-je dit, quelqu'un avait dû payer les forces de l'ordre pour qu'elles fonctionnent au ralenti.

J'avais pratiquement toute la ville à traverser pour regagner mon quartier, mais je me suis dit qu'un brin de marche à pied m'aiderait à chasser les derniers symptômes de l'injection, tout en me laissant le temps de réfléchir à ce qui venait de se passer. En l'espace de quelques secondes, El Fantasma, qui jusque-là me traitait d'égal à égal, s'était mis à me parler comme à un marmot indésirable, et ça, ça me défrisait. J'ai donc eu tout le temps de ruminer ma honte et ma colère, tandis que je parcourais les kilomètres qui me séparaient de chez moi, avec la pénible impression d'avoir été déboulonné de mon piédestal. J'étais si loin de mon quartier que le nom des rues ne m'évoquait strictement rien. Dans le lointain, je ne reconnaissais que les crêtes des montagnes, qui me permettaient de m'orienter, sans m'être d'aucun réconfort.

Même armé, j'avais peur de me faire attaquer. Pas question de prendre le risque de monter dans un taxi. J'aurais eu vite fait de me retrouver au fond du coffre, la tête dans un sac. Manu m'avait un jour expliqué que bon nombre de taxis faisaient le même genre de boulot que lui et qu'ils acceptaient des boulots de coursier ou de messager pour arrondir leurs fins de mois. Si j'étais tombé sur le chauffeur d'un gang rival, j'aurais pu arriver chez moi en pièces détachées, jusqu'à ce que quelqu'un paie ma rançon. Manu était le seul taxi à qui je pouvais me fier. Sur la banquette arrière de sa Dodge, je pouvais sillonner la ville en toute sécurité, hors de portée du reste du monde. Mais marcher seul dans la rue, c'était autre chose. Chaque passant semblait me lorgner d'un œil mauvais, et mes craintes ne firent qu'empirer avec le crépuscule. Dès que j'entendais une sirène de police, quelque part dans les collines, j'en concluais immédiatement qu'ils étaient à mes trousses, ce qui m'a obligé à raser les murs pendant une bonne partie du trajet.

Enfin, j'ai vu se profiler des pâtés de maisons qui m'étaient familiers. Je traversais la rue, soulagé d'avoir pu regagner mes pénates avant la tombée de la nuit, lorsque j'ai vu une silhouette gracieuse qui franchissait la porte de notre immeuble. Une jeune fille, souriante. Elle riait avec quelqu'un qui me demeurait invisible. Lorsqu'elle se retourna pour regarder où elle mettait les pieds, elle porta la main à sa bouche en me reconnaissant.

– Beatriz !

J'étais tout aussi surpris qu'elle, mais en même temps fou de bonheur.

– Quelle chance qu'on se soit croisés !

– Bonsoir, Sonny…

J'avais peine à en croire mes yeux… Elle était vraiment splendide, du bout de ses jolis escarpins de cuir rouge au décolleté de sa robe, qui lui allait à merveille. Un vrai canon ! Elle avait relevé ses cheveux en chignon, avec des épingles, et au lieu de ses éternels bouquins, elle avait à la main un petit bouquet. Rien à voir avec la sœur inconsolable que j'avais eue jusque-là sous les yeux. C'était *elle* la fille que j'attendais depuis si longtemps. Tout en me creusant la cervelle pour trouver quelque chose d'aimable à lui dire, je résolus de croire qu'El Fantasma s'était trompé : personne ne pouvait survivre sans espoir. C'était tout bonnement impossible.

– Quelle chance qu'on se soit croisés... ! répétai-je, toujours souriant, mais pour toute réponse, elle se retourna.

J'aperçus alors, juste derrière elle, un garçon nettement plus vieux que moi, et même qu'elle. La masse de ses cheveux blond sable, coupés court au-dessus des oreilles, lui balayait le front. Ce type n'était sûrement pas du quartier, ça ne faisait pas l'ombre d'un doute. Il portait une chemise bien repassée, avec un pull sur les épaules. Il avait même un téléphone portable accroché à la ceinture. Un de ces crétins de la fac, j'en aurais mis ma main à couper.

– Sonny, je te présente Juan Mario Uribe. Nous suivons les mêmes cours à l'université. Sonny est un petit voisin...

C'était de moi qu'elle parlait, là! Et c'était à son ami qu'elle me présentait ainsi, ce qui me fit d'autant plus mal.

– Salut, Sonny, heureux de faire ta connaissance!

Il me tendit la main, mais je fis mine de n'avoir pas vu. Je n'avais d'yeux que pour Beatriz, pour la belle jeune femme qu'elle était devenue. Cette robe et ces chaussures flambant neuves, nous savions tous deux comment elle avait pu se les offrir. J'aurais voulu qu'elle ait le courage de me regarder bien en face, pour voir si ses yeux trahissaient un soupçon de gêne ou d'embarras; mais même ça, elle n'a pas daigné me l'accorder.

– Bon, il est grand temps d'y aller! fit Juan Mario et il lui passa le bras autour de la taille, en me lançant un regard agacé.

Ce type n'était qu'un minus. Sans Beatriz, et si j'avais eu une balle à perdre, j'aurais pu le descendre sur-le-champ, sans sourciller. Je me sentais trahi, mais seulement par ce qui m'apparaissait à présent comme un rêve stupide. J'aurais dû écouter Alberto. Qu'est-ce qu'une fille comme Beatriz aurait pu trouver à un gamin comme moi? Mis à part les quelques dollars que j'avais en poche et qui me paraissaient tout à coup dénués de toute valeur, je n'avais rien à lui offrir.

– Sonny?

Me retournant, je vis Beatriz qui me faisait face. Juan Mario se tenait juste derrière elle, manifestement excédé par ce nouveau contretemps.

– Tu m'as aidé à tourner la page, dit-elle.

– Comment ? En me faisant oublier, ou en t'offrant une nouvelle tenue ?

– Les deux, en un sens.

Je lui en voulais terriblement, et je tenais à le lui faire savoir. Ses derniers mots lui avaient fait monter le rouge aux joues, mais pour moi, c'était matière à réflexion. Pas une seconde je ne m'étais demandé ce qu'elle ferait de cet argent. J'essayais juste d'arrondir les angles, de faire passer la pilule, tout comme son frère avait tenté de le faire avec moi, avec ses cadeaux. Mais tout ce qui comptait à présent, c'était qu'il pouvait m'arriver n'importe quoi, Beatriz avait toute la vie devant elle. Je clignai les yeux jusqu'à ce que son image réapparaisse, et je lui fis signe de la main en souriant.

– Je te souhaite tout le bonheur du monde, ai-je murmuré, mais elle ne m'a pas rendu mon sourire.

– J'ai croisé ton oncle, cet après-midi, Sonny. Je lui ai dit que je te savais gré de t'être ainsi occupé de moi et de ma mère, mais il a dit qu'à partir de maintenant tu devais arrêter de me faire des cadeaux. Que tu devais faire passer ta propre famille avant tout.

– Tu es allée raconter ça à Jairo… !

Je me sentis à nouveau bouillir de colère, mais cette fois pas à cause de son petit ami, ni du ton pincé qu'elle avait pris pour me faire la leçon.

– Laisse-le prendre les choses en main, Sonny, suggéra-t-elle. Il va s'occuper de toi. Tu as l'air persuadé du contraire, mais nous avons tous besoin d'aide pour grandir.

Cette fois, Juan Mario parvint à l'entraîner loin de moi. Je craignis un instant qu'il ne leur arrive quelques bricoles, à se promener ainsi dans le secteur, vêtus comme des gens des beaux quartiers. Mais je haussai les épaules. Ça, c'était son problème à lui – sans compter que les conseils de Beatriz concernant ma vie familiale n'étaient pas tombés dans l'oreille d'un sourd. J'avais déjà gravi quatre à quatre la première volée de marches de notre escalier.

Notre porte s'est ouverte d'elle-même, avant même que j'aie glissé la clé dans la serrure. Il faisait noir dans l'appartement. Les volets étaient fermés, mais je me suis bien gardé d'allumer. Je me suis avancé dans la pièce à pas comptés, l'arme au poing, prêt à régler son compte à Jairo. Tout ça ne m'inspirait vraiment pas. Qu'est-ce qui clochait ? Maintenant qu'il savait où était passée la moitié de mon argent, mon oncle aurait dû être là, à m'attendre. Et tout à coup, dans le silence, j'ai entendu un sanglot. Un seul.

– Maman ?

Actionnant l'interrupteur, je l'ai trouvée prostrée au pied du lit, les cheveux emmêlés, le visage dans les mains. Je me suis précipité vers elle, mais j'ai dû déplier ses doigts un à un, avant qu'elle accepte de me regarder.

– Oh, non !

J'ai survolé l'appartement du regard, en quête de Jairo, mais il avait pris le large. La pièce ressemblait à un champ de bataille. Les chaises avaient été renversées. Un poêlon avait percuté le mur, arrachant un fragment de plâtre. Ma pauvre vieille stéréo avait à nouveau atterri par terre, et cette fois elle ne s'en remettrait pas.

– Il a dit que je devais forcément le savoir que tu gardais une partie de l'argent...

Sa voix était un filet si faible que je devais presque lire sur ses lèvres. Son visage n'était plus qu'une masse tuméfiée. L'un de ses yeux ne pouvait plus s'ouvrir. Sous son chemisier déchiré, j'aperçus son épaule, zébrée d'une vilaine éraflure.

– Sonny, il a fait quelque chose dont il t'a accusé. Et moi, il a dit que je méritais une bonne raclée pour t'avoir donné le jour. Il a pris mon argent. Il est parti avec tout ce que j'avais.

Comme elle se remettait à sangloter et à trembler, je l'ai serrée très fort dans mes bras. Je ne me souciais plus de lui faire voir mon arme.

– Ne t'en fais pas, ça va s'arranger, lui ai-je promis en regrettant que ce ne soit pas elle qui me l'ait dit. Je vais bien m'occuper de toi, maintenant. Tu n'auras jamais plus besoin de travailler. Tout ça, c'est du passé. On va partir. On ira loin d'ici, comme papa. Je vais gagner assez d'argent pour qu'on puisse quitter cette ville. Peut-être qu'on pourrait aller de l'autre côté des montagnes…

– Et s'il revenait ?

Ma mère se recula pour mieux me voir, mais moi, j'en avais assez vu.

– Jairo est un homme mort, lui ai-je promis. Tu ne le reverras plus. Plus jamais.

. 18

Le lendemain matin, en montant à l'arrière du taxi, j'ai annoncé à Manu que cette fois je n'aurais pas besoin d'injection. J'ai vu ses drôles d'yeux se fixer sur moi dans le rétroviseur.

– Qu'est-ce qui te prend ? a-t-il demandé, l'air soudain renfrogné. C'est toi le patron, tout d'un coup ?

– Quelque chose comme ça, oui.

J'ai laissé mon regard s'échapper par la vitre, derrière laquelle j'ai vu un instant scintiller le rio Medellín, entre deux pâtés de maisons. Le fleuve traversait toute la ville en son centre, mais comme Manu n'arrêtait pas de slalomer d'une rive à l'autre, je l'ai bientôt perdu de vue. Je n'avais aucune idée de notre destination, mais ça, c'était la routine. J'étais surtout soulagé d'avoir vu Manu arriver ce matin-là. Après la descente de police, je ne pouvais m'empêcher de me demander si j'aurais à nouveau de ses nouvelles. J'avais flâné dans le quartier toute la matinée, dans l'espoir d'apercevoir son taxi. Je guettais aussi le retour de mon oncle, en rêvant du moment où je lui ferais un trou de la taille d'un peso entre les deux yeux. Il avait laissé ma mère effondrée et démunie de tout, lui volant jusqu'à ses illusions et ses espoirs. Après toutes ces années où il avait passé ses nerfs sur moi, son punching-ball favori, Jairo ne prenait même plus la peine de donner le change : il ne se gênait plus pour étaler sa brutalité au vu et au su de tous. Dans un coin de ma tête, j'avais la certitude que c'était parce que nous finirions bien par régler nos comptes, lui et moi, et qu'il le savait. Tout comme l'avait dit le boss, il fallait renoncer à tout espoir pour continuer d'avancer dans cette vie. Il avait fallu que je tombe nez à nez avec Beatriz et son nouvel ami, pour comprendre à quel point c'était vrai, mais à présent, pour moi, c'était parole d'évangile.

Il arrivait souvent que Manu se mette à jacasser comme tous les chauffeurs de taxi, et ce jour-là ne fit pas exception. Il avait allumé la radio pour écouter les informations. La descente de police de la veille n'allait pas tarder à faire les gros titres, me dit-il.

– On peut être de n'importe quel côté de la barrière, mais faut pas essayer de doubler le patron. C'est comme ça, et pas autrement.

J'ai marmonné quelques mots d'approbation, mais je ne l'écoutais que d'une oreille. J'avais laissé ma mère dans son lit, avec un verre de jus de fruit tout frais que j'étais allé lui acheter au marché. Je lui avais annoncé que je devais y aller, que je ne pourrais pas rester avec elle ce jour-là. Elle avait encore pleuré et avait posé la main sur ma joue, mais elle avait fini par dire qu'elle comprenait. Je m'étais couché tard, la veille. J'étais resté à son chevet, à la regarder dormir. Je savais que Jairo ne tenterait pas de revenir de sitôt, mais je ne pouvais pas me décider à aller au lit. Chaque fois que je voyais bouger ses couvertures, soulevées par son souffle, je craignais que ce ne fût le dernier. J'étais donc complètement lessivé quand Manu est venu me prendre pour m'emmener au boulot. Bien sûr, l'injection m'aurait aidé à me concentrer, mais j'étais résolu à ne plus jamais prendre ce produit. J'en avais ras-le-bol de cette sensation de coton dans la tête. Maintenant, j'étais assez grand pour faire mon boulot sans l'aide de la seringue. J'aurais même pu tirer les yeux fermés si j'avais voulu ; et ça, j'espérais au moins que Manu l'avait remarqué par lui-même. Tandis qu'il continuait à jacasser à jet continu, commentant les infos, c'était une aubaine de pouvoir écouter mon walkman et de me laisser bercer par la voix de Kurt Cobain, soulagé d'être sain et sauf, du moins pour le moment.

Je me suis réveillé en sursaut. Le CD était fini. J'ai ôté mes écouteurs comme s'ils m'avaient inspiré des cauchemars. Manu venait de couper le moteur, mais il avait laissé la radio, qui diffusait une de ces vieilles chansons *vallenato*, que l'on ne chante plus qu'aux mariages ou aux veillées funèbres. Manu fredonnait avec l'accordéon. Quand j'ai regardé par la vitre, le spectacle m'a tiré un hoquet de surprise. Jamais je n'avais vu Medellín de si haut. J'ai compris que nous étions dans les montagnes. Et tout là-bas, la capitale avait l'air d'un grand éboulement : un amoncellement d'immeubles et de toits qui auraient glissé le long des pentes pour aller se nicher en contrebas, au fond de la vallée. Quelques nappes de brouillard s'accrochaient encore au-dessus du labyrinthe des rues et des boulevards entremêlés, quant aux tours du centre-ville, on aurait dit des échardes plantées dans le ciel. Tout cela était bien plus grand que je n'aurais jamais pu l'imaginer, et tellement serré, tellement dense ! Mais ce qui me laissait sans voix, c'était que ça semblait parfaitement naturel : ça n'était que le morceau de planète que nous occupions. Les toits avaient une teinte rouillée, mais la couleur dominante des rues et des places, où régnaient palmiers, vignes vierges et plantes grimpantes, c'était le vert. J'ai abaissé ma vitre. Les criquets chantaient dans l'herbe haute. Nous étions garés sur une sorte de piste qui grimpait à flanc de montagne, juste avant un virage en épingle à cheveux. Le taxi avait dû faire pas mal de kilomètres pendant que je dormais. La route n'était pas encore vraiment escarpée, mais elle décrivait tout un tas de lacets. J'ai demandé à Manu ce que nous étions venus faire ici, mais en guise de réponse, il a haussé les épaules en secouant la tête.

– Tout ce que je sais, c'est qu'on est à l'heure, a-t-il dit.

– Je peux descendre ?

– Bien sûr.

Il me rejoignit sur le bas-côté et pendant un long moment on est restés là tous les deux, sans mot dire. Une petite brise s'était levée. Malgré sa tiédeur, l'air me semblait très pur, comme si le vent qui nous l'apportait était passé au large, au-dessus de la ville. Je pouvais distinguer le stade et l'hôpital, tous ces endroits que je connaissais pour y être maintes fois allé. En tendant l'oreille, j'entendais vaguement des coups de Klaxon, des aboiements, et même un camion-benne en plein travail, dans les grandes décharges à ciel ouvert qui s'étendaient en contrebas – mais cette rumeur lointaine ne parvenait pas à troubler le silence et la paix des lieux. On était encore plus au calme qu'à l'église. A mes côtés, Manu semblait tout aussi impressionné.

– Tous les gens de Medellín devraient venir ici, histoire de voir à quoi ressemble leur ville vue d'en haut, lui dis-je. Jamais je n'aurais cru que ça pouvait être aussi beau.

– Personne ne vient jamais jusqu'ici, répondit-il. Tu fais partie des privilégiés...

A l'entendre, je commençais à me poser quelques questions sur les raisons qui nous avaient amenés si loin de la ville. Le taxi bloquait presque totalement le chemin. Même une mule ou une mobylette aurait eu du mal à le contourner. Nous devions être venus tendre une sorte d'embuscade. Quand j'ai entendu le bruit d'un moteur qui peinait dans la pente, j'ai presque regretté de voir approcher le moment où nous devrions reprendre le chemin du retour.

– T'es vraiment sûr pour la piqûre ? insista Manu.

– Sûr et certain, répliquai-je en rajustant mon holster et comme mon regard suivait la piste, en contrebas, j'aperçus un 4x4 gris métallisé.

– Tu pourrais me filer une cigarette, à la place ? lui demandai-je, tandis qu'il se préparait à s'en allumer une.

Il me glissa un regard de son œil valide, les mains arrondies autour de sa cigarette.

– Bien sûr, fit-il. Pourquoi pas ? Tiens, t'as qu'à prendre celle-ci.

Il me l'alluma. J'inspirai profondément, d'un long trait, me préparant déjà à ce qu'on attendait de moi. J'avais juste besoin d'un petit coup de fouet.

Je m'attendais à voir le 4x4 venir se garer juste derrière nous, mais il s'arrêta un peu en contrebas. La portière du conducteur s'ouvrit à la volée et je vis descendre un type dont la silhouette m'était familière. Mais ce ne fut que lorsqu'il se retourna, après avoir refermé sa portière, que je le reconnus. C'était l'un des gardes de la propriété. Puis j'ai aperçu deux baskets blanches, reconnaissables entre toutes, qui avaient touché terre. J'ai glissé un regard du côté de Manu dont les yeux restaient vissés sur le patron.

– Shorty, je t'ai apporté quelque chose.

El Fantasma s'était arrêté à mi-chemin pour me saluer. Pour une fois, il n'avait pas son éternel petit joint entre les doigts, mais il me parut aussi calme et aussi détendu que d'ordinaire. Mettant la main à sa poche intérieure, il en tira une enveloppe.

– C'est le billet que je t'avais promis. Mais n'ouvre pas l'enveloppe pour l'instant. Le travail d'abord.

– Merci, fis-je, m'efforçant de dissimuler ma surprise, et je fis disparaître l'enveloppe dans la poche arrière de mon jean, où j'avais toujours nos billets pour le premier match de la saison – ce trésor qui n'avait plus aucune valeur à mes yeux.

– Tu l'as bien mérité, fit-il en me tapotant l'épaule. Et tu sais que je tiens toujours parole.

Il s'arrêta un moment près de moi, embrassant la vue du regard, comme je l'avais fait quelques minutes plus tôt. Un bosquet de pins bordait les immenses champs d'ordures, dont on discernait aisément la lisière, à cause des vautours – ils étaient tous au rendez-vous, décrivant de grands cercles dans les airs, les ailes déployées, presque immobiles. Je n'aurais jamais cru que ces oiseaux puissent planer avec une telle majesté, mais c'était la première fois que je les voyais du dessus. J'ai eu une pensée pour Alberto, comme ça m'arrivait de plus en plus souvent ces temps-ci. Peut-être ne découvrirait-il jamais l'autre versant de la montagne, comme il en rêvait, mais la ligne de crête était encore très loin, et il me semblait qu'il serait déjà content de ce voyage. D'ici, on ne pouvait s'empêcher d'admirer Medellín et, à en juger par la façon dont El Fantasma se gonflait les poumons d'air pur, il me sembla que lui non plus n'était pas insensible à tant de beauté. J'allais lui demander ce qu'il attendait de moi ce jour-là, lorsqu'il se retourna et, me regardant bien en face, me dit :

– Je suis au courant pour ta mère.

– Ah oui ?

– Je veux que tu saches une chose : à partir de maintenant, je m'occuperai d'elle. Personnellement. Comment va-t-elle ?

Je répondis qu'elle se remettait doucement, stupéfait devant l'étendue de ses pouvoirs – comment un homme pouvait-il savoir tant de choses sur tant de gens, dans une ville si vaste ? – et de sa générosité.

– J'aimerais bien qu'elle puisse venir ici et admirer tout ça, fis-je, en me tournant vers la ville.

Je jetai un coup d'œil vers mon patron, m'attendant à le voir se plonger lui aussi dans la contemplation du paysage. Mais non. Ses yeux restaient fixés sur moi.

– Excuse-moi pour la façon dont je t'ai renvoyé hier après-midi. Les amis que j'ai dans les forces de l'ordre m'ont plutôt déçu ces derniers temps. Mais ça n'est pas bien grave. Il me suffira de restructurer un peu mon équipe. Je vais devoir opérer quelques transferts, afin que nous puissions continuer à jouer au maximum de notre potentiel…

Tandis qu'il parlait, le garde avait contourné la Jeep.

– Les affaires sont les affaires, Shorty. Même si ça me fait mal au cœur de me séparer d'un bon joueur, l'intérêt de l'équipe doit passer avant tout le reste. Et, crois-moi, ce genre de décision n'est jamais facile à prendre, qu'il s'agisse de foot ou de business…

El Fantasma s'écarta d'un pas, et se retourna à la seconde même où une autre silhouette émergeait de la portière arrière du 4x4. C'était bien la dernière personne que je m'attendais à voir, mais finalement je n'étais pas mécontent qu'il soit là. J'ai tiré une dernière bouffée de ma cigarette, avant de l'écraser sous mon talon.

– Vu les circonstances, enchaîna le patron, je ne peux pas me permettre la moindre erreur quant à la composition de mon équipe. J'ai dû accepter la première offre qui s'est présentée...

L'oncle Jairo prit tout son temps pour me rejoindre. A cet endroit, le chemin montait en pente douce, mais ces quelques mètres avaient suffi à l'essouffler.

– Je n'en ai pas pour mon argent ! râla-t-il d'une voix entrecoupée.

Il avait rejoint El Fantasma, tout en tâchant d'éviter mon regard.

– Je m'attendais à autre chose qu'à une petite conversation entre amis !

– Vous en aurez pour votre argent – le boss semblait agacé par la grossièreté de mon oncle. Je tenais simplement à expliquer à votre neveu qu'en ce monde tout avait un prix.

– Ouais. Une chance que j'aie pu mettre la main sur une petite somme...

Je savais parfaitement où il l'avait trouvée, cette « petite somme », et Jairo savait parfaitement que je le savais. Elle ne pouvait provenir que du sac qu'il avait volé à ma mère. Chassant d'un revers de main une goutte de salive qui restait accrochée au coin de ses lèvres, il me décocha un grand sourire, comme si nous étions venus là échanger des mondanités.

– Prends Galàn, par exemple – ton vieux copain Galàn, dans sa boutique... Il m'a suffi de lui dire que j'avais un problème avec une petite ordure qui n'était pas réglo, et... ça m'a vraiment coûté la peau des fesses, mais il m'a envoyé direct à ton patron.

Le boss me lança un regard éloquent. Mon oncle avait dû lui casser les pieds pendant tout le trajet, mais à présent il n'était pas le seul à vouloir en finir. Moi aussi, j'étais fin prêt. Depuis la disparition de mon ami, je m'y étais préparé ; ça n'était que le déclic que j'attendais.

Pour la première fois, des gouttelettes de sueur glacée me picotèrent la nuque, tandis que ma main se refermait sur la crosse de mon arme, mais quoi de plus normal... Sans l'injection calmante, j'avais conservé toute ma clarté d'esprit. Jamais je ne m'étais senti aussi vivant. Ma main se porta à mon holster, dégrafant le bouton-pression, avant d'empoigner la crosse. Simultanément, je vis que le garde avait fait descendre un autre passager, un gamin haut comme trois pommes, si minuscule qu'il n'avait rien dû voir par-dessus le tableau de bord.

– Comme tu vois, j'ai une nouvelle recrue, fit El Fantasma, avec un mouvement du pouce par-dessus son épaule – mais son regard restait fixé sur ma main droite.

Et il poursuivit, toujours enjoué et désinvolte, sur le ton d'une simple conversation :

– Il est encore un peu vert, bien sûr – mais comme je dis toujours, qu'est-ce qu'il peut y avoir de plus déstabilisant qu'un flingue entre les mains d'un gamin ?

Ce qui me laissait bouche bée, ce n'était pas la présence du garçon, ni même son jeune âge – il devait avoir sept, huit ans, tout au plus –, c'était l'arme qu'il tenait contre sa poitrine. Un genre de mitraillette, tellement grosse qu'elle en paraissait ridicule, dans ses petites mains. Une fois de plus, le patron avait vu juste…

Le garde se pencha vers lui pour lui parler. Le petit hocha la tête deux ou trois fois, puis fixa sur moi le regard de ses yeux bleus, réduits à deux fentes. Une bonne dizaine de mètres nous séparaient encore, mais d'où j'étais, je voyais qu'il était tendu à craquer. J'avais vraiment bien fait de refuser la seringue. Comme ça, je gardais les idées claires. Je pouvais réfléchir, et pas seulement à ce qui se passait sous mes yeux. Mes pensées allèrent d'abord au Nacional, mais ce qui me préoccupait, ce n'était pas leurs résultats de la saison. Non. L'essentiel, c'était que je les aie soutenus avec enthousiasme, et de tout mon cœur.

Tout comme ma mère et Alberto. Et comme Beatriz. Maintenant qu'il me fallait renoncer à tout espoir, je ne pouvais plus m'en remettre qu'à l'amour.

– Conduis-toi en homme, Sonny. C'est la voie la plus noble.

El Fantasma s'écarta de mon oncle, laissant le champ libre au garçon qui était derrière lui.

– Et ne crois surtout pas que j'aie oublié tes ailes, ajouta-t-il. Je sais ce que tu as fait pour la famille d'Alberto. A mes yeux, tu les as amplement gagnées.

Manu avait battu en retraite vers son taxi, pendant le speech du patron. La portière s'ouvrit et se referma. Je l'entendis monter le volume de son autoradio. Jairo n'avait pas du tout l'air d'accord avec El Fantasma, mais s'il y avait une chose qu'il avait apprise, c'était à ne pas laisser passer une bonne occasion de se taire. Faisant face à la fois à mon patron et au frère de mon père, j'ai brandi mon pistolet à bout de bras.

– Le moment est venu, acquiesçai-je, en hochant la tête.

Ça me paraissait effectivement la seule issue possible. Je ne savais pas au juste combien de balles il me restait dans le barillet, mais je savais que j'en avais au moins une.

Supprimer Jairo aurait été trop simple. Ce que je voulais, c'était lui montrer de quoi j'étais capable.

Cet instant reviendrait le hanter jusque dans sa prochaine vie, et même après. Quant au petit, il avait vraiment l'air sur les charbons ardents, mais il se contentait de suivre mes propres mouvements. Qu'il soit prêt ou pas, cette seconde allait faire de lui un homme, tout comme ça l'avait fait pour Alberto, puis pour moi. Mon index s'était posé sur la détente, et mon regard sur un point, au-dessus de leurs têtes, là où la montagne rejoint le ciel. Tout semblait si bleu et si limpide là-bas. Aucune ville n'aurait rien pu offrir d'aussi beau. L'esprit concentré sur ce petit point d'azur, je compris enfin pourquoi mon ami désirait tant savoir ce qu'il y avait, de l'autre côté.

– OK, fis-je dans un souffle en levant le canon vers ma tempe. Finissons-en.

Postface

Ce récit se déroule dans une Medellín imaginaire, que j'ai reconstituée à partir de cartes et de livres.
L'histoire en elle-même repose sur des faits réels.

MW

Loi n° 49-956
du 16 juillet 1949
sur les publications
destinées à la jeunesse
PAO : Françoise Pham
Maquette : anne catherine Boudet
Imprimé en Italie
par G. Canale & C.S.p.A.
Borgaro T.se (Turin)
Dépôt légal : mars 2006
N° d'édition : 133246
ISBN : 2-07-051601-6